Torschlusspanik?!?

Alexandra Forst

Torschlusspanik?!?

… ich doch nicht,
aber ab 30 wird man
schließlich auch nicht jünger …

Bibliografische Information der Deutschen Nationalbibliothek:
Die Deutsche Nationalbibliothek verzeichnet diese Publikation
in der Deutschen Nationalbibliografie; detaillierte bibliografische
Daten sind im Internet über http://dnb.d-nb.de abrufbar.

© 2007 Alexandra Forst
Herstellung und Verlag: Books on Demand GmbH, Norderstedt
ISBN 978-3-8334-8760-6

Inhaltsverzeichnis

Ein „schweinisches" Vorwort:

Im Folgenden nenne ich meine Schwester „Pig", obwohl sie keines ist. Das ist vielmehr ihr und mein Spitzname: „Pig" oder „Sisterpig". Diese Spitznamen sind vor einigen Jahren entstanden, als wir beide gemeinsam „just for fun" einen Englischkurs für Fortgeschrittene an der Volkshochschule belegten. Um das Erlernte auch richtig in die Praxis umsetzen zu können, schrieben wir uns fortan Briefe in englischer Sprache. Und jetzt heißt es aufpassen, es wird etwas kompliziert: Da wir schon früher aus dem ironisch gesprochenen „Schwesterlein" ein „Lästerschwein" gemacht hatten, entwickelte sich nun dank des Englischkurses ein „Lästerpig", und schließlich blieb irgendwann nur noch das „Pig" übrig, welches wiederum ab und zu seine Erweiterung in „Sisterpig" fand. Ich hoffe, Sie konnten folgen?

Meine Schwester ist knapp drei Jahre älter als ich, verheiratet (die Glückliche!) und hat eine erwachsene Tochter. Sie ist nicht nur meine Lieblingsschwester, obwohl ich nur die eine habe, sondern auch gleichzeitig meine beste Freundin. Früher war das mal ganz anders. Wenn wir dabei waren, uns gegenseitig die Köpfe einzuschlagen, pflegte unsere Mom immer zu sagen: „Ihr werdet euch noch Briefe schreiben!" Wie Recht sie hatte! Allerdings wurde das damals von uns noch mit einem gegenseitigen „Ihhh! Der schreib ich doch nicht!" kommentiert. Heute verbindet uns so etwas wie Seelenverwandtschaft. Es ist einfach toll, wie sie jedes Mal mitfühlt, wenn ich mich (mal wieder) verliebt habe, und sie würde es niemals wagen, mich zu verletzen, indem sie mir sagte, dass ich nerve. Auch wenn ich ihr gerade ein zehntes Mal erzählt habe, dass ER dieses und jenes gesagt oder getan habe. Nur manchmal meine ich, eine Veränderung in ihren Gesichtszügen zu erkennen. Dann höre ich meist von selbst auf. Allerdings hab ich auch noch nicht ausprobiert, wie sie beim elften Mal reagieren würde. Ich glaube, das lasse ich auch lieber.

An dieser Stelle ein riesiges Dankeschön an Dich, Pig, und auch an Andrea, Barbara, Birgit, Karin, Liz, Monika, Peter, Petra, Regina, Roman, Thorsten und Vanessa und natürlich Mom und Dad. Um Streitereien vorzubeugen: Das ist nur die alphabetische Reihenfolge. Ihr alle habt mich ermutigt, weiterzumachen: DANKE!

Pig

Einleitung

„Mit 34 wirst du heiraten, Alexandra", so die Voraussage der Mutter meiner besten Freundin Andrea vor zwei Jahren.

Also nicht, dass Sie denken, ich wäre abergläubisch. Aber mal ehrlich: Geht es nicht fast jedem so? Man schlägt die Tageszeitung auf und der Blick fällt zufällig auf die Seite mit dem Horoskop. Ist's positiv, dann glauben wir's und der Tag ist gerettet. Ist's negativ, dann blättern wir weiter mit der Bemerkung: „An so etwas glaube ich sowieso nicht."

Nun gut. Zurück zu dem Tag, der mich in balzender Hinsicht total verändert hat. Es war der Geburtstag meiner Freundin Andrea. Geladen waren Freunde und Verwandte. Es war ein feuchtfröhlich-lustiger Abend, an dem ich mal wieder ohne Anhang aufkreuzte. Die Familie meiner Freundin kannte mich eigentlich nur als Einzelpack und anfangs hörte ich es über mehrere Ecken: „Die Alex ist ja ne Komische, die hat nie einen Freund …" Auf den Gedanken, dass ich meine zugegebenermaßen manchmal recht kurzlebigen Errungenschaften nicht unbedingt zu solchen Familienfeiern mitschleppen wollte, kam keiner (Drum prüfe, wer sich ewig bindet, ob sich nicht was Bessres findet …). Nun gut, da muss man als Single eben durch. Immerhin gab ich ein gutes Gesprächsthema ab. Eine meiner Regeln lautet: Keine Gedanken machen, wenn sie über einen reden, dann ist man schließlich interessant. Sorgen machen sollte man sich erst, wenn sie aufhören, über einen zu reden. Irgendwann hatte ich es geschafft, dass mich die Leute nicht mehr fragten, wann denn nun endlich auch ich heiraten würde, denn die magische 30 hatte ich bereits überschritten. Ungerechterweise tritt dieses Heiraten-müssen-Syndrom in der Männerwelt meist erst um die 40 ein. Ich hatte es mir in jahrelanger Sisyphusarbeit hart erkämpft, von meinen Freunden und Bekannten nicht mehr verkuppelt zu werden und als allein lebendes, trotzdem existenzfähiges Individuum von allen anerkannt zu werden.

Jedenfalls schien sich die Mutter meiner Freundin sehr mit meinem „Problem" befasst zu haben. Sie legte rein hobbymäßig des Öfteren mal die Karten und hatte ab und zu auch irgendwelche „Eingebungen", die erstaunlicherweise sogar oft eintrafen. Auch an diesem Abend flüsterte sie mir zu, dass ich jetzt nicht lachen solle, aber sie hätte gerade eben wieder eine solche Eingebung gehabt. Ich war ganz aufgeregt, versprach, nicht zu lachen und bestand in mystischer Erwartung darauf, zu erfahren, WAS in Gottes Namen sie denn nun „gesehen" hätte. Tja, und dann fiel der eingangs erwähnte Satz, der mein Leben künftig sehr interessant gestalten sollte. Denn wenn diese Eingebung sich bewahrheiten sollte, wurde es langsam Zeit, sich auf die Suche nach dem richtigen Herzblatt zu machen, denn ich war immerhin schon fast 33. Schließlich – das hatte mir meine Freundin Birgit versichert – konnte ich nicht warten, bis er am Fenster vorbeigeflogen kam. Also musste ich aktiv werden …

Alex ☺

Gleich am nächsten Wochenende beschloss ich, mich allein ins Nachtleben zu stürzen. Ich wollte den Abend mit einem fürstlichen Mahl in einem guten Restaurant beginnen und anschließend noch tanzen gehen. Zunächst fuhr ich zu einem Italiener in der Nähe des Kurfürstendammes. Die erste Hürde war der Blick des Kellners, als ich den Raum betrat. Er lächelte gekünstelt und blickte irritiert zur Tür hinter mir, als erwarte er, dass mein Begleiter noch eintreten würde. Er schaltete dann aber blitzschnell, fragte diskret: „Eine Person?", und ich nickte unauffällig. Er lief los, bedeutete mir, ihm doch bitte zu folgen und führte mich an einen Tisch, der zwischen Küchenausgang und Toiletteneingang an der Wand stand. Eigentlich fehlte nur die Untertasse mit dem unmissverständlichen 50-Cent-Stück drauf. Ich entgegnete freundlich, aber bestimmt, dass ich mich nicht als Toilettenpächterin beworben hätte, sondern mich eigentlich mit dem Gedanken tragen würde, hier speisen zu wollen. – Er zuckte zusammen und sein Lächeln glich jetzt eher einem Zähnefletschen. Hut ab! Er bewahrte trotzdem Contenance, zischelte mir ein „Entschuldigung, wenn Sie mir bitte folgen würden?" zu und führte mich nun zu einem von insgesamt drei leeren 4-Personen-Tischen in einer gemütlichen Ecke. Ja, dieser Tisch gefiel mir sehr viel besser. Von hier aus hatte ich auch einen guten Überblick über den gesamten Raum. Mir durfte nämlich kein männliches Etwas entgehen, das hier heute Abend alleine speisen würde. Immerhin hatte ich mir vorgenommen, den Abend nicht allein zu verbringen.

Ich bekam die Karte und bestellte zunächst einen trockenen Sherry. „Anschließend hätte ich dann gerne das Carpaccio vom

Kalb und dazu ein Glas Pinot Grigio, Jahrgang 2005." Ich fragte nach, was er mir als Hauptgang empfehlen würde, und erntete einen richtig dankbaren Kellnerblick. Hocherfreut, dass nun sein Rat gewünscht war, rasselte er in gekonnt-wichtigem Ton drei verschiedene Leckereien herunter, die nur so wimmelten von Formulierungen wie „am Wildreis" oder „auf einem Bett von" und Ähnlichem. Ich gab ihm das Gefühl, von mir ernst genommen zu werden und fragte nach, ob er mir denn zum auserwählten Hauptmenü auch den Barolo empfehlen könne, oder ob ich es doch lieber nur mit einem Chianti Classico versuchen sollte. Wir entschieden uns für den Barolo.

Mit dem Dessert, meinte ich, würde ich dann noch etwas warten. – So macht man Kellner glücklich. Fortan wurde ich von ihm bedient wie eine Königin.

Während der Vorspeise hatte ich nun die Möglichkeit, meinen Blick auf die Suche durch den Raum zu schicken. Innerlich war ich jedoch nur mit dem Gedanken beschäftigt, nicht zu schnell zu kauen, nicht zu kleckern und es um Gottes Willen zu vermeiden, irgendwelche Essensteilchen um meine Mundgegend herum zu positionieren. Plötzlich schoss mir die Nudel-Szene von Loriot durch den Kopf und ich verschluckte mich an meinem Pinot Grigio. Mein aufmerksamer Kellner kam in Windeseile angestürzt, um mir behilflich zu sein. Ich konnte ihn gerade noch davon abhalten, mir auf den Rücken zu klopfen oder gar den Notarzt zu rufen. Durch seine Hilfsbereitschaft hatte er es geschafft, dass sämtliche Gäste innehielten und zu uns rüberstarrten. Wie peinlich!

Nachdem ich in alle Richtungen genickt und den anwesenden Gästen versichert hatte, dass mit mir auch WIRKLICH alles in Ordnung sei, schlossen sich nach und nach die Münder und man widmete seine Aufmerksamkeit wieder den jeweiligen Tischnachbarn (man hatte ja welche!). Sogar die Gespräche setzten langsam, aber sicher wieder ein. Wie gern hätte ich jetzt doch an diesem abseits gelegenen „Toiletten-Tisch" gesessen, aber ändern konnte ich das Ganze jetzt auch nicht mehr. Es war nun mal passiert.

Bis zum Hauptgang wagte ich es nicht, den Blick von meinem Teller abzuwenden. Als mein „Sowieso vom Lamm auf einem Bett von ..." serviert wurde, stellte ich fest, dass das Publikum teilweise schon gewechselt hatte. Nun wagte ich es wieder, auf Blickfang zu gehen.

Zunächst schaute ich auf die Uhr: 17 Minuten nach acht. Wunderbar. Nur Pärchen verabredeten sich zur jeweils vollen oder halben Stunde. Allein umherirrende Singles tauchten immer zu krummen Uhrzeiten auf. Auch für zu spät kommende Liierte war das „akademische (Verspätungs-)Viertel" bereits seit zwei Minuten überschritten.

Mit dieser These sollte ich 2 Minuten später Recht behalten.

Da ich auch den Eingang im Visier hatte, entging mir nicht der holde Jüngling mit dem dunkel gelockten Haar, als er durch die Pforte trat. Nun registrierte ich – genauso wie mein kleiner Italiener zuvor bei mir –, dass die Tür hinter dieser Ausgeburt von Männlichkeit auch wirklich geschlossen blieb. Mein künftiges Flirtopfer wirkte zwar etwas verunsichert, wartete andererseits aber schlauerweise nicht darauf, dass ihm ein Tisch zugewiesen wurde. Wahrscheinlich war er nicht das erste Mal da und hatte die Katzentischprozedur bereits einmal über sich ergehen lassen müssen. Er schlenderte zu einem der 4er-Tische am Fenster und setzte sich glücklicherweise so hin, dass einem Blickkontakt zwischen uns nichts mehr im Wege stand.

Ich ließ ihn nicht mehr aus meinen Argusaugen. Er bestellte ein Glas Rotwein und lehnte es dankend ab, einen Blick in die mit Köstlichkeiten vollgeschriebene Speisekarte zu werfen. Stattdessen zückte er ein Programmheft und versank regelrecht darin. Ich stopfte den letzten Löffel Tiramisu in mich hinein und er hatte mich noch nicht eines Blickes gewürdigt. Aber selbst ist die Frau: Mit einem kräftigen Schluck Prosecco spülte ich vermeintliche Essensreste zwischen den Zähnen weg und vergewisserte mich anschließend durch ein unauffälliges Grinsen in den Spiegel auf der Innenseite meiner Handtasche, dass der Spülgang gründlich genug gewesen war. Ich schnippte nach meinem kleinen Italiener und beauftragte ihn, diesem Adonis am Fenstertisch auf meine Rechnung noch ein Glas Wein zu kredenzen. Unter demütiger, tiefer Verbeugung hauchte er: „Sehr wohl, Signora, wie Sie wünschen", dann lief er los und tat , wie ihm geheißen.

Zugegeben: Sherry, Pinot Grigio, Barolo und Prosecco … allesamt waren nicht ganz unbeteiligt an meiner plötzlichen Mutanbahnung. Sie ließen es aber trotzdem noch zu, dass mir das Herz bis zum Hals schlug, als die Lage langsam ernst wurde. Die nächste Szene spielte sich wie im Zeitraffer für mich ab: Kellner mit Tablett kommt aus der Küche, Kellner mit Tablett an SEINEM Tisch, fragender Blick vom Adonis zum Kellner, fragender Blick zu mir … Nein, diese Augen! Ich war wie gefesselt.

Jetzt schalten Sie bitte auf Zeitlupe: Er lächelte mir überrascht zu, stand auf, nahm das Glas in die Hand und schwebte zu mir rüber. Wie durch Watte nahm ich seine ersten Worte wahr. Das war er: **mein Traummann**!

Erst sein „Hallo, verstehst du mich?" holte mich wieder in die Wirklichkeit zurück. Ich lief rot an, nickte einen Tick zu heftig und bot ihm einen Platz an. Er meinte, er sei jetzt etwas verlegen. So etwas sei ihm ja noch nie passiert und er fände das richtig toll. Warum denn aber meine Wahl ausgerechnet auf ihn gefallen sei, wollte er wissen. „Liebenswerter Dummkopf, du, weil hier sonst nur Pärchen sitzen", dachte ich, hörte mich aber sagen: „Du bist mir schon beim Reinkommen aufgefallen und irgendwie hast du eine sehr interessante Ausstrahlung, da hab ich gedacht, warum lade ich dich nicht einfach zu einem Glas Wein ein. Also … nicht, dass du jetzt denkst, ich mache das immer so. Im Gegenteil, das war mein erster Versuch. Ganz so emanzipiert, wie sich das jetzt vielleicht anhört, bin ich nun doch nicht. Aber ich dachte, wer wagt, gewinnt."

Das sprudelte nicht einfach so aus mir heraus, weil es mir gerade eben in den Sinn gekommen war, sondern weil ich das zwei Stunden zuvor auswendig gelernt und mindestens 10 Mal vor dem Spiegel zu Hause geübt hatte … Also, er wisse gar nicht, was er jetzt sagen solle, das haue ihn regelrecht um. Ich entgegnete, dass ich mich für's Erste mit seinem Namen zufriedengeben würde. „Oh! Entschuldigung, du musst ja auch denken, ich hätte keine Manieren: Alex, Alex von Alexander." – „Nein!", platzte es aus mir heraus – und das war natürlich nicht mehr einstudiert. „Ich auch! Ich meine, ich heiße auch Alex, allerdings von Alexandra." Die erste Gemeinsamkeit, das fing ja alles traumhaft an. Zu traumhaft wohl, denn als Nächstes meinte er, dass er das jetzt richtig schade fände, denn leider hätte er gar keine Zeit, weil in einer Viertelstunde das Theaterstück anfange, für das er eine Karte hätte. – Aha, das Programmheft, kombinierte ich messerscharf. – Ob er mich aber morgen mal anrufen dürfe. Ich bejahte und durfte meine Telefonnummer auf sein Programmheft kritzeln. Dann entschwand er.

Nach Tanzen stand mir nun überhaupt nicht mehr der Sinn. Warum auch? Ich hatte meinen Traummann ja schon gefunden. Auch wenn wir den Abend nicht gemeinsam verbringen würden. Immerhin wollte er mich am nächsten Tag anrufen. Außerdem fühlte ich mich doch sehr träge nach dem vielen Essen. Ich trank den eigentlich für ihn bestimmten Wein auch noch aus, den er aus Zeitmangel nicht hatte trinken können, und verspürte schon diese innere Leichtigkeit, die nach dem Genuss alkoholischer Getränke in dieser Menge unweigerlich auftritt.

Träge, aber überaus zufrieden bat ich um die Rechnung und Monsignore Italiano servierte mir unaufgefordert dazu den „Grappa auf's Haus". Ich bezahlte, schüttete auch diesen noch in mich hinein und wankte vollgefressen, leicht betütert und unendlich glücklich zur Tür, nachdem sich mein Lieblingskellner förmlich zerrissen hatte, mir erst in den Mantel zu helfen, um dann noch vor mir die Tür zu erreichen und sie für mich aufzuhalten. Mit einer tiefen, für die Bandscheibengegend sehr gefährlichen Verbeugung verabschiedete sich der kleine italienische Bückling noch einmal überschwänglich von mir und ich dankte es mit den dahingelallten Worten: „Vieln Dank, bis ssum nächsten Mal."

Die frische Luft gab mir schließlich den Rest. Ich beschloss kurzerhand, auf die Kosten zu pfeifen und mit dem Taxi nach Hause zu fahren. Ich winkte dem nächsten Exemplar, welches mit kreischenden Bremsen 10 Meter weiter zum Stehen kam.

Ungefähr noch 10 Meter weiter sah ich jedoch plötzlich die Umrisse einer männlichen Gestalt, die zu rennen begann. Nein, bitte nicht das! Ich begann ebenfalls zu rennen. Unsere Hände patschten gleichzeitig auf den Türgriff. Ich riss die Tür auf und schmiss mich mit voller, frisch aufgestockter Leibesfülle auf die Rückbank. Der Frechdachs hatte wohl das Gleiche vorgehabt, denn er fiel natürlich auf mich drauf. Der Taxifahrer lächelte belustigt in den Rückspiegel und unterbrach unser erbittertes Wortgefecht mit den Worten: „O.k., o.k., Se waren beede zuerst da. Vielleicht saren Se mir einfach, wo Se jeweils hinwolln und ick ruf über Funk n Kolleejen." Wie aus einem Munde brüllten wir ihm unser jeweiliges Fahrtziel entgegen und schauten uns danach verdattert an. Wir wollten nämlich in genau dieselbe Straße. „Na bitte", meinte das Berliner Taxiurgestein, „dann faan Se eben beede mit und ham sojar de Hälfte jespart."

Das leuchtete ein. Die Atmosphäre entspannte sich durch spontan einsetzendes Gelächter unsererseits und wir fuhren gen Heimat.

Nun stellte ich fest, dass dieser Mensch eigentlich ganz sympathisch war. Wir plauderten die ganze Fahrt über dieses und jenes und schließlich erzählte ich ihm sogar von meiner mutigen Aktion und dem gemeinsamen Vornamen. Nein! Also ob ich das jetzt glaubte oder nicht, er heiße auch Alex. Allerdings sei das keine Abkürzung, sondern ein eigenständiger Name.

Ich konnte es nicht fassen, da lernte ich an einem Abend zwei Typen kennen, die genauso hießen wie ich. Wobei ich festhalten muss, dass immense optische Unterschiede zwischen den beiden Herren bestanden. Alex 1 war mein Traummann. Alex 2 gehörte eher zu der Kategorie Mann, die ich auf der Straße übersehen würde und das nicht nur wegen seiner Statur – er war fast 10 cm kleiner als ich. Das sollten wir irgendwann mal begießen, meinte er, und ich stimmte, immer noch herzhaft lachend und beschwingt durch den Weingenuss, zu. Ich notierte meine Telefonnummer auf der Seite mit den brandaktuellen Kinohits in seiner Zeitung. Dann stieg ich als Erste aus und er musste noch ein paar hundert Meter weiter fahren. Na, das war ein komischer Abend gewesen.

Die frische Luft tat wieder ihr Übriges und erinnerte mich an meinen Alkoholpegel. Ich schleppte mich in meine Wohnung und fiel todmüde ins Bett. Im Traum wechselten sich die Gesichter von Alex 1 und Alex 2 immer wieder ab, dann erschien mir Alex 2 mehr und mehr verschwommen, bis er schließlich ganz in der Versenkung meines Unterbewusstseins verschwand.

Am nächsten Tag erwachte ich mit einem Lächeln. Ich hatte von IHM geträumt, meinem Traummann. Was für Gemeinsamkeiten würden wir wohl noch feststellen? Dass er ins Theater ging, war schon mal ein guter Hinweis auf kulturelle Parallelen zwischen uns. Ich wartete den ganzen Tag gespannt auf seinen Anruf. Vergeblich! Warum rief er denn nicht an? Schien es nicht so, als wäre auch er Feuer und Flamme gewesen? Na ja, vielleicht hatte er einfach nur noch keine Zeit.

Als ich am darauffolgenden Montag von der Arbeit nach Hause kam, stürzte ich zum Anrufbeantworter … und richtig: Er zeigte mir zwei Nachrichten an. Zitternden Fingers drückte ich die Abhörtaste: „Ja, hallo, äh, ich weiß nicht, ob ich jetzt hier richtig bin … ich glaube, wir haben uns am Samstag kennen gelernt. Du hast mir deine Telefonnummer auf das Programm geschrieben. Also, wenn du die Alex sein solltest: Hier ist auch

Alex. Ich bin mir jetzt nicht ganz sicher, ob du das bist. Weißt du, ich hab dummerweise das Programm weggeschmissen und hatte deine Telefonnummer nicht mehr genau im Kopf. Die letzten vier Ziffern wusste ich noch, aber die ersten nicht. Na ja, aber die müssen ja mit 411 oder so ähnlich anfangen ... " – dann unterbrach ihn wahrscheinlich der Piepton und es kam die zweite Nachricht: „Ja, ich bin's noch mal, Alex. Also, jetzt hab ich mir deine Ansage ja ein zweites Mal angehört und ich muss sagen, der Stimme nach zu urteilen bin ich mir ziemlich sicher, dass du die Alex bist, die ich meine. O.k., ruf mich einfach mal zurück unter ..." Es folgte nach der Telefonnummer ein „Shalom und bis bald". Jubelschreie hätte mein Herz ausgestoßen, wenn es hätte schreien können. Er war es: **mein Traummann!**

Ich rief gleich mein – bereits bestens über meinen Traummann informiertes – Pig an und spielte ihr die Nachrichten vor. „Tolle Stimme und tolle Ausrucksweise", stellte sie mitfiebernd fest. „Mensch Pig, ich drück dir die Daumen! Habt ihr euch schon verabredet?", hörte ich es aus dem Hörer säuseln. Wie denn?! Ich hatte doch erst bei ihr angerufen, um sie auf dem aktuellen Stand zu halten. Ich würde jetzt bei ihm anrufen und mich danach noch mal bei ihr melden.

Gesagt, getan. Wir verabredeten uns ohne große Umschweife für den kommenden Samstag zum italienisch-portugiesischen Schlemmen in einem Restaurant gleich bei mir gegenüber. Der Vorschlag kam natürlich von mir. Ich erklärte, dass ich leider keine glückliche Besitzerin eines fahrbaren Untersatzes mit mehr als zwei Rädern sei und schnatterte ihm gleich noch die genaue Anschrift nebst Uhrzeit durch den Hörer. Er erwiderte mit einem kurzen „O.k., ich freu mich. Shalom!" und schon hatte er aufgelegt.

Den ganzen Samstag saß ich auf Wolke 7 und machte die Telekom reich. Geschlagene 8 Stunden lang unterrichtete ich alle, die mir in den Sinn kamen, ob sie es nun hören wollten oder nicht, von meiner Eroberung.

Einmal passierte es sogar, dass meine Freundin Birgit nach 10 Minuten meinen Monolog unterbrach, indem sie mir ins Ohr brüllte: „Haaaaalloooooo, Alex! Das hast du mir alles schon heute Vormittag erzählt!" Na ja, nach 8 Stunden konnte das ja schließlich mal vorkommen, oder?

Um 18 Uhr begann ich damit, mich schick zu machen. Die Augen sollten ihm übergehen, so toll wollte ich aussehen. Während des Verschönerungsrituals spähte ich ab und zu misstrauisch zum Anrufbeantworter. Ob er wirklich käme? Es war alles viel zu schön, um wahr zu sein. Wo war der Haken? Es gab doch immer einen. Dann der abschließende Prüfblick in den Spiegel:
Das grüne Kleid hatte genau die Farbe meiner Augen, das Make-up war perfekt gelungen, meine Frisur saß traumhaft, es war Sommer und die Sonne strahlte …

Als ich gerade die Straße überquerte, entdeckte ich auf der anderen Seite Monika. Ich winkte aufgeregt. Sie blieb stehen und wartete. Monika hatte ich den ganzen Tag nicht erreichen können. Ich musste sie unbedingt noch informieren. Nachdem ich ihr die Geschichte kurz umrissen hatte, beschloss sie spontan, noch die paar Meter mitzukommen. Sie wäre sowieso viel zu früh dran und könne platzen vor Neugierde. Tja, und wenn er mich versetzen sollte, dann wäre ich immerhin nicht allein. Versetzen?! Daran hatte ich noch gar nicht gedacht, das war bestimmt der Haken, den ich die ganze Zeit über gesucht hatte.

Eigentlich hatten wir abgesprochen, bei dem tollen Sommerwetter draußen zu sitzen. Das fing schon mal gut an, denn draußen saß nämlich kein Mensch. Wir gingen rein und ich schaute mich suchend um: Mein Traummann war nicht zu sehen, dabei war es bereits 10 nach acht. „Verdammt, er ist nicht hier! Ich wusste es!", fluchte ich enttäuscht. Mit einem Male buffte mich Monika an und sagte: „Du, guck mal, ich glaube, da ist er …" Sie zeigte auf ein kleines unauffälliges Männchen, das mir gerade bis zur Schulter reichte und mich sogleich freudestrahlend ansprach mit den Worten: „Hallo, Alex, ich glaub, wir sind verabredet."

Ich schwankte und mir wurde schwarz vor Augen. Aus meinem Unterbewusstsein schoss plötzlich das Gesicht von Alex 2 wie ein Blitz wieder hervor und grinste mich breit an. Mein Taxibegleiter! Jetzt kam die Erinnerung an den Abschluss des Abends ganz langsam und bruchstückhaft zurück. In meiner Verliebtheit zu Alex 1 hatte ich den bedauernswerten Alex 2 ganz vergessen, was wohl durch den nicht gerade mäßigen Alkoholgenuss am besagten Abend noch unterstützt wurde. Nach einer Weile brachte ich ein „Ach … du" heraus. Monika und er schienen etwas irritiert. Ich schlug vor, dass wir uns erst mal setzten. Denn wahrscheinlich bräuchten wir jetzt alle einen Schnaps. Als die georderten Schnäpse eintrafen und ich tief Luft geholt hatte, erklärte ich den beiden peinlich berührt die missliche Verwechslung. Als ich geendet hatte, herrschte sekundenlange, unangenehme Stille. Drei Augenpaare fixierten sich gegenseitig. Jeder beobachtete jeden. Dann ein befreiendes Lachen von Alex 2, und als sei das der Startschuss gewesen, fielen Monika und ich kanonmäßig ein, erst Moni, dann ich.

Als ich wieder einigermaßen Luft bekam, erhob ich mein Glas mit den Worten: „Ich hab's euch ja prophezeit, dass wir den brauchen. Prost!", und wir stießen an. Nach einer Weile verabschiedete sich Monika mit der geistreichen Bemerkung: „Ich glaube, ihr habt euch noch viel zu erzählen ... Tschüss dann, ich muss zu meiner Verabredung."

Zu klären gab es wirklich eine Menge. Was mich zum Beispiel brennend interessierte, war die Frage, wieso er bei seiner Nachricht auf dem Anrufbeantworter gesagt hatte, er hätte das Programm weggeschmissen, auf dem meine Telefonnummer stand. Das wäre doch eine Zeitung gewesen. Ja, aber doch die Seite mit dem Kinoprogramm. Das hätte er nicht mehr gebraucht und deshalb einfach weggeschmissen. Tja, und mittels Kombinationsgabe sei es auch nicht schwer gewesen, die drei Anfangszahlen meiner Telefonnummer zu ermitteln, denn er wohne doch schließlich in derselben Straße. Ich schlug mir an den Kopf, lachte und sagte: „Mensch, spätestens da hätte mir doch ein Licht aufgehen müssen. Deswegen brauchte ich dir natürlich auch nicht den Weg zum Restaurant zu erklären. Ein bisschen gewundert hatte mich das schon."

Wir plauderten und lachten noch sehr viel und ich fand's echt toll, dass Alex 2 das nicht persönlich nahm, obwohl ihm eine gewisse Enttäuschung doch ins Gesicht geschrieben stand. Er hatte sich wohl etwas mehr versprochen von diesem Treffen. Komisch, warum standen eigentlich so viele kleinere Männer auf große Frauen? Jedenfalls wurde es noch ein sehr lustiger Abend.

Später stieß noch sein Freund Frank dazu, der mir zwar meinen Traummann nicht ersetzen konnte, mit dem ich jedoch trotzdem eine kleine Liaison hatte. Wenn es auch nicht allzu lange andauerte, weil er nach ein paar Wochen anfing, allem hinterherzustarren, was einen Rock trug, bis es mir zu bunt wurde.

Für die Zukunft schwor ich mir, bei künftigen Vorhaben dieser Art, nach Erreichen eines gewissen Alkoholpegels auf den Grappa zu verzichten, nicht jedem meine Telefonnummer auf irgendwelche Programme zu schreiben und es tunlichst zu vermeiden, an einem Abend zwei Männer mit dem gleichen Vornamen kennen zu lernen.

Alex

Michael ☺

Michael war an diesem Samstagabend Notdienst habender Arzt, als meine Bandscheiben entschieden, mir fürchterliche Schmerzen zu bereiten. „In dem Alter?", werden Sie jetzt denken. Aber jede Sekretärin, die mindestens schon 15 Jahre auf dem Buckel hat, weiß, wovon ich rede. Jedenfalls machte ich mir ernsthafte Sorgen und beschloss mitten in der Nacht, meine Bandscheiben mal dem Notarzt vorzustellen. Ich sah aus, wie ich besser nicht hätte aussehen sollen: alte Leggings, altes Shirt, ungeschminkt, strähnige Haare und Brille statt Kontaktlinsen. Wozu auch stylen, wenn man den Notarzt erwartet?

Nachdem ich auf den Türöffner gedrückt hatte, glaubte ich meinen Augen nicht zu trauen, als dem Fahrstuhl ein hübscher Blondschopf (so Mitte 30) in Jeans und braunem Lederblouson entschwebte. In einer Zehntelsekunde schossen mir zwar 1000 Gedanken über mein derzeitiges Äußeres durch den Kopf. Jedoch kein einziger beschäftigte sich auch nur annähernd mit meinen Bandscheiben. Die Schmerzen schienen in diesem Moment auf einmal wie weggeblasen.

Wohlgemerkt, es schien nur so. Denn bei der Untersuchung erinnerte mich ein schmerzhafter Stich daran, zu welchem Zweck ich diesen tollen Mann eigentlich herbestellt hatte. Er setzte mir eine Spritze und gab mir Zäpfchen, wie peinlich! Er empfahl mir dringend, am kommenden Montag einen Arzt aufzusuchen. Ob ich einen Hausarzt hätte, denn von einem Orthopäden würde er mir wegen der langen Wartezeiten abraten. 2 bis 3 Stunden seien da gar nichts. Ich solle mir lieber einen praktischen Arzt in der Nähe suchen. Er gab mir das Rezept und wandte sich zum Gehen.

Schade, dachte ich noch, als wir beide schon an meiner Wohnungstür angelangt waren. Er verabschiedete sich brav und drückte die Türklinke herunter: Vergeblich! Ruckartig fuhr sein Kopf herum und ich blickte in ein total verängstigtes, aber wunderschönes blaues Augenpaar. Es war nämlich abgeschlossen.

Nein, nicht was Sie jetzt denken. SO weit war es mit meinem Heirats-Wahn noch nicht, als dass ich einen Notarzt hätte kidnappen müssen. Ich hatte nur versehentlich abgeschlossen und wollte dem armen, aber doch so vernaschenswerten Mann doch gar nichts antun. Geschweige denn, über ihn herfallen. Danach zumindest schienen mich ängstlich seine Augen zu fragen. Ich wurde etwas verlegen, lachte und sagte: „Ach Gott! Entschuldigung, aber das ist so eine Marotte von mir, immer die Tür abzuschließen. Ich glaube, ich habe die Phobie, ‚weggeschnappt' zu werden." Seine Gesichtszüge entspannten sich und ein erleichtertes Lächeln machte ihn nun erst so richtig unwiderstehlich. Das war er: **mein Traummann!**

Tja und dann war er auch schon wieder im Fahrstuhl verschwunden. Mit einem Seufzer griff ich mir das Rezept und entdeckte, dass seine Praxis nur ein paar Busstationen entfernt lag. Außerdem las ich, dass er Michael hieß und praktischer Arzt war – unter anderem mit dem Fachgebiet Orthopädie. Na bitte, da hatte ich doch meinen neuen „Hausarzt" gefunden ...

Am Montag verließ mich dann der Mut und ebenso die Wirkung der schmerzstillenden Mittel. Ich konnte mir kaum Schuhe und Strümpfe anziehen. Meinen Entschluss, in seine Praxis mit dem Bus zu fahren, hatte ich aus zweierlei Gründen aufgegeben: Einerseits waren die Schmerzen so stark, dass ich eine Busfahrt nicht auch noch auf mich nehmen wollte. Andererseits – und wenn ich ehrlich bin, war das der eigentliche

Grund – schien es mir auf einmal, als könne es irgendwie „aufdringlich" wirken, käme ich nun in seine Praxis. Ich machte mich also auf zum Orthopäden gegenüber: drei Stunden Wartezeit! Ich ging wieder raus. In dem Moment fuhr auch schon der Bus an mir vorbei, mit dem ich hätte zu ihm fahren können. O.k., es gab ja noch einen Orthopäden ein paar hundert Meter weiter: Voraussichtliche zwei Stunden Wartezeit und eine absolut unfreundliche Arzthelferin ließen mich auch von dort wieder flüchten.

Nachdem ich die holprige Busfahrt überstanden hatte, erfuhr ich in Michaels Praxis von einer freundlichen Sprechstundenhilfe, dass es leider etwas dauern könne.
Mit einer Viertelstunde müsse ich schon rechnen. Aber was war schon eine Viertelstunde Wartezeit, wenn ich danach IHN wiedersehen würde?!

Während der Behandlung „untersuchte ich ihn" dann ganz genau: herrliche Lachfältchen um die meerblauen Augen, ausgesprochen schöne Hände und ein garantiert total romantischer Typ ...
Letzteres animierte mich dazu, einen – wie ich fand – ganz raffinierten Plan zu entwickeln, bei dessen Vollziehung mich mein Pig später so toll unterstützen sollte.

Ich ging nach dreiwöchiger Krankschreibung wieder arbeiten, musste aber (Gott sei Dank) jeden Tag nach der Arbeit in seine Praxis, um mir Spritzen geben zu lassen. Die Zeit der Krankschreibung hatte ich unter anderem dazu genutzt, mit Hilfe eines großen gelben Buches, das es in jeder Stadt gibt, herauszubekommen, dass er in einem recht schönen grünen Außenbezirk Berlins wohnte. Dort in der Nähe kannte ich auch ein gemütliches Café mit Winter- und Sommergarten.

Mein Pig hatte Urlaub und holte mich an einem Tag um 12 Uhr von der Arbeit ab. Das Ganze war's mir wert, ein paar Überstunden abzubummeln und die Arbeit ließ es durchaus zu. Denn immerhin hatte ich nachmittags ja wieder einen Termin in seiner Praxis. Bis dahin musste die Aktion gelaufen sein. Wir zogen los zum nächsten Laden und kauften eine Karte und eine Rose. Ich hatte von zu Hause eine Leinentasche und eine klitzekleine Vase mitgebracht. Nun ging es ab mit der S-Bahn in Richtung dieses kleinen Cafés. Mit jeder Station stieg meine Pulsfrequenz, und mein Verlangen nach ständiger Ermutigung durch mein Pig.

Wir setzten uns in den Wintergarten und bestellten zwei Kännchen Kaffee (als ob mein Kreislauf nicht schon genug angeregt gewesen wäre). Mit zittrigen Händen positionierte ich die Rose in der Vase. Zuvor hatte ich mich möglichst unauffällig durch das überfüllte Café zu den WC-Räumen manövrieren müssen, um das Gefäß mit Wasser aufzufüllen. Etwas blöd muss das schon ausgesehen haben.

Ich glaube mich erinnern zu können, einen wahrscheinlich ziemlich „gehetzten" Eindruck hinterlassen zu haben. Was sonst sollte Pig veranlasst haben, in schallendes Gepruste auszubrechen, als ich mit der tropfenden, halb unter meinem Pullover versteckten Vase wieder in den Wintergarten zurückkehrte. Aber egal, was tut man nicht alles für seinen Traummann …

Nun ließ ich meiner romantischen Ader freien Lauf:

„Wer hat bloß gesagt: ‚Einem Mann schenkt man keine Blumen'?" – Nein, das war's noch nicht, fand Pig. Eine halbe Stunde formulierten wir hin und her und her und hin. Dann das Ergebnis:

„Wer hat bloß gesagt: ‚Einem Mann schenkt man keine Blumen'? Ich bin da ganz anderer Meinung:

Auch in schöne Männerhände gehört manchmal eine schöne Blume.

Steht diese demnächst – von der Straße aus sichtbar – im Fenster Ihrer Praxis, weiß ich, dass ich mich noch einmal bemerkbar machen darf. Sollten Sie gebunden sein, kann ich Ihre Partnerin nur beglückwünschen und werde mich diskret zurückziehen.

So verbleibe ich in gespannter Erwartung als eine unbekannte Romantikerin mit einem?"

Nun wurde es richtig ernst: Mit dem Bus müssten wir noch ein paar Stationen stadtauswärts fahren und dann noch zwei Querstraßen bis zu „seiner" Straße laufen. Der Busfahrer setzte an, loszufahren, hielt dann aber noch einmal kurz an und öffnete die Tür. Wahrscheinlich hatte er gedacht, es klopfe noch jemand an die Tür – nein, es war mein Herz …

Als wir aus dem Bus stiegen, gelangten wir durch großes Schneegestöber endlich zu der ersehnten Straße. Nun mussten wir nur noch bis zur Hausnummer 64 laufen …

Bei Hausnummer 32 wollte ich den Plan aufgeben und **sofort** umkehren. Pig erklärte sich bereit, an meiner Stelle die Tasche an seine Wohnungstür zu hängen, in der sich Karte und Rose befanden, aber ich müsse bis zur Nr. 63 mitkommen. Bei Hausnummer 52 war es aus.

Es ging nichts mehr. Kein Schritt vor, keiner zurück, kein Ton kam mehr aus meiner Kehle. Ich hatte auch schon Schwielen an den Händen, vor lauter Festkrallen an Jägerzäunen, von denen Pig mich wegzuzerren versuchte. Es war nichts mehr zu machen: Pig musste alleine weitergehen.

Sie tat es: Festen Schrittes stapfte sie durch die Schneeverwehungen. Es dauerte eine Ewigkeit, bis ich meinte, wieder die Umrisse einer menschlichen Gestalt durch das dichte Schneetreiben erkennen zu können.

Sie war es tatsächlich und fing auch sofort an zu berichteten: Die Tasche hätte sie an die Hauseingangstür gehängt. Da sie zwei männliche Stimmen vernommen hätte, habe sie es vorgezogen, nicht zu klingeln. – Schwul?!? – Ach was! Nur weil er sich in seiner Wohnung mit einem Mann unterhielt, musste das ja nicht gleich bedeuten, dass er das Adam-Geschlecht bevorzugte.

Den ganzen langen Weg zurück versteckten wir uns bei jedem Auto, das vorbeifuhr, hinter den Schirmen.

Nun hatte ich nicht mehr viel Zeit. Ich musste nach Hause, mich umziehen. Falls er tatsächlich mit dem Auto an uns vorbeigefahren war, hätte er mich an den Sachen wiedererkennen können. Nach dem Umziehen wollte ich gleich wieder los, um pünktlich zum Termin in seiner Praxis zu erscheinen.

Zu Hause angekommen, begann ich, mein Äußeres wieder in Form zu bringen, als es klingelte und gleichzeitig schon oben an der Wohnungstür klopfte. Mit einer Pulsfrequenz von ca. 180 fragte ich nach, wer dort sei. Antwort: „Ein Bote …" Ein Bote??? **(Puls: 200)** Vielleicht mit einer Rose oder gar einem Telegramm??? Hatte er mich doch gesehen??? Mit einiger Erregung krächzte ich durch die Tür: **„Was** für ein **Bote**?!?" – „Zeitungen!", kam es etwas verärgert und ertappt zurück. **(Puls: 280)** Die Worte „Nein, danke!!!" ließen zärtlich die Tür vibrieren. Danach vernahm ich ein dumpfes Poltern. Ich unterließ es, nachzusehen, ob er nun umgefallen oder ins Treppenhaus hinausgestürzt war.

Musste dieser Zeitungsmensch mich denn ausgerechnet **jetzt** aufsuchen und auch noch so geheimnisvoll tun?!

In der Praxis angekommen, nahm ich im Wartezimmer Platz und täuschte das Lesen eines (absolut langweiligen) Zeitungsartikels vor. Er kam vorbei und stand nun im Flur. Ich nahm mir vor, ihm verschmitzt zuzulächeln, wenn er wieder zurückkäme. Erstaunlicherweise gelang mir das sogar so gut, dass er mitten im Wartezimmer stehenblieb, sich – anscheinend verliebt – mit der Hand durch die Haare fuhr und total fasziniert zurücklächelte. Irgendwann muss ihm dann aufgefallen sein, dass er immer noch im Wartezimmer stand. Er zuckte richtig zusammen und lief dann eiligen Schrittes weiter. Er kam noch so ca. 6 Mal vorbei, bis er dann zur Sprechstundenhilfe sagte: „Sagen Sie mal, jetzt kümmern Sie sich doch mal um Frau Forst, die wartet ja schon so lange." Um es genau zu sagen: Ich wartete seit ca. 7 Minuten, man muss kein Mathegenie sein, um sich auszurechnen, in welchen Zeitabständen er durchs Wartezimmer schwebte …

Die ganze nächste Woche war ich dann damit beschäftigt, mit dem Bus mehrmals täglich an seiner Praxis vorbeizufahren. Eine Rose entdeckte ich jedoch nicht im Fenster.

Nach drei weiteren Wochen allerdings gab ich das Busfahren dann doch auf, weil sich langsam der Abwasch türmte und ich bald nichts mehr anzuziehen hatte. Ich musste mich mal wieder den – nicht so angenehmen – alltäglichen Dingen des Lebens widmen.

Dann kam der Tag, als mich ganz aufgeregt meine Freundin Birgit anrief. Sie wäre gerade krankgeschrieben und ich solle mal raten, bei welchem Arzt sie gewesen wäre. Es war nicht allzu schwer: Michael! Richtig – und nun solle ich raten, was in seinem Behandlungszimmer auf dem Fensterbrett stehe! Eine Rose! Ich wusste es! Dieser Adonis hatte wahrscheinlich falsch gelesen und kaufte nun seit Wochen frische Rosen. Nun musste ich „aggressiver" vorgehen …

Ich kaufte schönes Briefpapier mit Rosenmuster und schrieb ihm folgenden Brief:

„Durch Zufall habe ich in Erfahrung bringen können, dass eine Rose im Fenster des Praxisraumes steht. Ist das Zufall? Hatten Sie vielleicht Geburtstag? Ist diese von einer – was nicht verwunderlich wäre – weiteren Verehrerin? Oder sollte das tatsächlich eine verspätete Reaktion auf meine Karte sein? Vielleicht wollen Sie ja den Kreis infrage kommender Personen einschränken und mittels guter Beobachtungsgabe deren Reaktionen abschätzen? – Das sind zu viele ‚Vielleichts‘ und offene Fragen, die ich mir selbst nicht beantworten kann. – Nun habe ich hin und her überlegt, wie es weitergehen könnte, zumal das Ganze besonders für Sie eine ziemlich brisante Situation darstellt. Aber auch ich bin sehr unsicher, da ich in dieser Form noch nie die Initiative ergriffen habe und verständlicherweise in mir die Unsicherheit brodelt, ich könnte Sie enttäuschen und nicht die Person sein, die Sie eventuell schon in den Kreis der Möglichkeiten geschlossen haben. Da ich aber noch immer nicht weiß, was der Grund für das plötzliche Auftauchen dieser Rose ist, und ich den Zufall einer anderen Bedeutung, als der von mir erhofften, nicht ausschließen kann, muss ich mir zunächst die Gewissheit verschaffen, dass es das vereinbarte Zeichen ist. Daher sollten auch Sie nun die Möglichkeit haben, Fragen zu stellen oder mir einfach nur mitzuteilen, was in Ihnen beim Lesen dieser Zeilen so vorgeht. Ich würde mich sehr freuen, bekäme ich ein Zeichen in Form eines Briefes an das Postamt gleich in der Nähe Ihrer Praxis – was mir am unverfänglichsten erscheint – unter dem Kennwort ‚Fenster …?‘ – postlagernd. Ich werde versuchen, Ihnen eine Antwort für den Zeitraum vom 27.2. bis 10.3. zu ermöglichen. Denn laut Auskunft des dortigen Postbeamten geht so etwas in der Regel nur für eine Woche. Sollte in diesem Zeitraum keine Antwort dort eingehen, können Sie diesmal wirklich sicher sein, dass ich mich dann ‚diskret zurückziehe‘ und Sie nur noch in faszinierender Erinnerung behalten werde. Der Erinnerung an einen Mann, der es wert war, einen solchen Schritt gewagt zu haben …

und abermals verbleibe ich als die unbekannte Romantikerin mit einem

PS: Nur zu gern würd ich jetzt das Spiel der Lachfältchen um Ihre Augen beobachten, die Sie weit mehr als nur sympathisch erscheinen lassen …"

Alles war vorbereitet, nur nicht die Nerven des Freundes meines Schwagers, der in eben diesem Postamt arbeitete und mit dem alles abgesprochen war. Dieter hatte es gut gemeint, als er mir sagte, dass ich nicht jeden Tag vorbeikommen müsse. Wenn ein Brief einginge, würde er mich einfach anrufen. Nix da! So etwas kann man im Arbeitseifer schließlich ganz schnell mal vergessen. **Ich** hielt es für besser, immer mal wieder nachzufragen – um genau zu gehen, so ungefähr jede Stunde. Es bestand ja immerhin die Möglichkeit, dass er den Antwortbrief nicht postalisch aufgab, sondern ihn persönlich vorbeibrachte, da seine Praxis ja ganz in der Nähe war. Irgendwie schien das nicht in Dieters Sinne zu sein, dabei wollt ich ihm doch bloß das lästige Telefonat ersparen. Am dritten Tag ließ er sich verleugnen. Ich hatte ihn gerade noch hinter einem Regal verschwinden sehen und kurz darauf hörte ich hektisches Getuschel. Dieses Szenarium wiederholte sich fortan alle drei Tage. Jedes Mal war es ein anderer Kollege, der hinter diesem Regal verschwand. So habe ich sämtliche Kollegen von Dieter kennen gelernt; nette Leute übrigens, sie winkten mir immer schon von weitem mit beiden Armen zu. Allerdings … ihre Gesichter wirkten meist eher ängstlich … Nach 4 Wochen gab ich auf. Mittlerweile hatte man angefangen, Knoblauchzöpfe und Kruzifixe aufzuhängen. Außerdem standen eines Tages plötzlich Schalen mit Weihwasser da. Ich fand das zwar etwas seltsam, ließ mir aber nichts anmerken. Die Flucht ergriff ich erst, als man anfing, mich mit diesem Wasser nass zu spritzen und sich vor mir zu bekreuzigen. Sollte das etwa irgendetwas mit **mir** zu tun gehabt haben? Ich weiß es bis heute nicht … Da fällt mir ein: Seitdem habe ich Dieter gar nicht mehr gesehen. Ich sollte ihn mal wieder anrufen. Er wird sich bestimmt freuen.

Mittlerweile waren weitere Wochen ins Land gezogen und ich begann gerade halbwegs zu begreifen, dass **mein Traummann** seine Chance verpasst hatte, da passierte Folgendes:

Ich saß gerade mit meiner Freundin Barbara gemütlich in einer Pizzeria und wir hatten eben die Reste des köstlichen Mahls vertilgt, als ich urplötzlich zusammenfuhr. Barbara – rührend um mich besorgt – fragte sofort nach, ob ich einen Geist gesehen hätte. Nachdem ich mir die Schweißperlen von der Stirn gewischt und mittels einer Plastiktüte meine Hyperventilation wieder in den Griff bekommen hatte, schoss es nach dem 10. Anlauf spontan aus mir heraus: „DA IST ER!" – „Wer ,ER'?!?" – „Na MICHAEL!!!"

Nun konnten wir natürlich noch nicht gehen. Wir bestellten noch was zu trinken und mussten die bösartigen Blicke des Kellners einstecken, denn wir hatten gerade den abschließenden „Drink-auf's-Haus" von ihm bekommen. Aber er bewahrte die Haltung und brachte uns ohne Widerspruch das Bestellte, und unaufgefordert wieder die Rechnung. Ich darf's vorwegnehmen: Er fragte uns danach **nicht**, ob es noch ein Grappa sein dürfe!

Michael saß in ca. 5 Metern Entfernung mit einem anderen Mann am Tisch und schaute verlegen lächelnd zu uns rüber. – Schwul?! – Nein, nicht schon wieder dieser Gedanke! Nur weil er mit einem Mann im Restaurant saß? Barbara gab zu, dass er „recht schnucklig" aussah und meinte, dass ich mir den unbedingt „gönnen" sollte. Ich sah mich um: Wo waren nur diese Menschen, die immer und überall fragten, ob man eine

Rose kaufen wolle?! „Warum ausgerechnet heute nicht?! Ich würde ihm glatt eine rüberschicken!", zischte ich zu Barbara.

Ich mach es kurz: Gott sei dank war kein „Rosenkavalier" in der Nähe! Als ich nämlich wieder zu ihm rübersah, saß er auf einmal auf einem anderen Stuhl und wandte mir den Rücken zu! Na, das war ein Schlag! Ich brach in Tränen aus, verstand die Welt nicht mehr, zweifelte an meiner Weiblichkeit, zückte unentwegt meinen Taschenspiegel und tastete mein Gesicht nach eventuellen Unebenheiten ab. WARUM?!?

Ich musste raus aus diesem Laden, was für eine peinliche Schlappe! Wie ich letztendlich nach draußen kam, weiß ich nicht mehr (Filmriss!).

Ich kann mich nur noch erinnern, dass ich dann in einem Berg von weißen Taschentüchern an Barbaras Schulter schluchzte und sie immer wieder versuchte, mich zu trösten mit Worten wie „Schnucki! Das sind die Kerle nicht wert!" und „Der war bestimmt schwul!" Das letzte hat dann endlich geholfen. So **musste** es sein! Die schönsten Männer sind entweder schwul oder verheiratet.

Michael

Rainer ☺

Haben Sie's schon mal über eine sogenannte „Flirtline" probiert ?
Ich schon ...

Die Herren wählen „0190-..." und bezahlen zwischen 2 und
5 Euro pro Minute, die Damen dürfen dann unter „0130-..."
kostenlos telefonieren. Ungerecht, finden Sie? Nun ja, der Erfin-
der wird sich dabei schon etwas gedacht haben. Ich persönlich
jedenfalls wäre nicht so dämlich, für so etwas auch noch Tele-
fongebühren zu bezahlen. Ich denke ohnehin, dass der Großteil
der „Dämlichkeiten" das anders sieht als die „Herrlichkeiten".
Umgekehrt würden diese ganzen Telefon-Hotlines wahrscheinlich jämmerlich eingehen und die Insolvenzgerichte müssten
anbauen, um die Aktenberge verwalten zu können.

All diese Anrufer jedenfalls, die solche Nummern wählen, werden über einen einzigen Computer bedient, und so passiert es,
dass dort Leute ins Gespräch kommen, obwohl beispielsweise
der Mann deftigen Telefonsex sucht und die Dame endlich den
Partner für's Leben oder umgekehrt. Ich bring es mal auf den
Punkt: Wenn Sie dort „den Traummann" suchen, dann müssen
Sie sich aus den übrig gebliebenen 5 % den Richtigen herausfil-
tern. Sie können sich sofort mit einem Telefonpartner ins Gespräch vertiefen oder eine Kontaktanzeige aufgeben. Sie erhalten
dann einen sogenannten Briefkasten, den Sie mit einem Intro
besprechen und auf welchem Ihnen Nachrichten hinterlassen
werden können, wie auf einem Anrufbeantworter. Das Schöne
an der ganzen Sache: Sie können völlig anonym bleiben, solange
Sie es wollen, indem Sie einfach einen anderen Namen angeben
und – so die nette Computerstimme – „Wenn dir jemand nicht

gefällt, kannst du jederzeit die Null drücken und er / sie ist futschi!" Aber nun zu Rainer:

Nach anfänglicher Scheu ließ ich mich von einer Bekannten zu dem Blödsinn überreden. Am Anfang stellte ich mich noch etwas unbeholfen an.

Es war selbst für mich als allseits bekannte Quasselstrippe gar nicht einfach, irgendwelche Themen aus dem Hut zu zaubern und daraus mit einem wildfremden Mann ein halbwegs interessantes Gespräch zustande zu bringen. Aber „learning by doing" ist meine Devise und so übte ich fortan 10 Stunden täglich, soweit mein Schlafbedürfnis, mein Magen und meine Arbeit dies zuließen. Nach drei Wochen war ich so weit. Nun verstand ich es, gezielt auf die 5 % loszugehen. Ich klärte bereits mit dem ersten Satz ab, dass ich KEINEN Telefonsex suchte, sondern eben was Richtiges. Dann gab ich meine erste Kontaktanzeige auf:

„Ich suche einen Mann zwischen 35 und 40, so ab 1,90 Meter, der es versteht, im Restaurant geräuschlos zu essen, ohne sich die Happen aus 10 cm Entfernung in den Mund zu schmeißen und der mit Grieg, Smetana und Tschaikowsky genauso viel anfangen kann wie mit den Rolling Stones."

Ich beschrieb noch kurz meine Äußerlichkeiten und harrte der Dinge, die da kommen würden. Und WIE sie kamen! Ich muss hier anmerken, dass mir schon des Öfteren versichert wurde, eine sehr angenehme Stimme zu haben. Nun ja, einen gewissen erotischen Klang muss sie wohl auch haben. Das jedenfalls erklärt die vielen Nachrichten, die in meinem Briefkasten eingegangen waren und auf deren Inhalt ich hier lieber nicht näher eingehen möchte. Auf alle Fälle waren fünf dabei, die sich richtig passabel anhörten . Vier hatten mir ihre private Telefonnummer hinterlassen und mit allen telefonierte ich auch. Der 5. war Rainer.

Er hatte mir zwar keine Privattelefonnummer hinterlassen, dafür aber eine sehr witzige Nachricht. Unter anderem nannte er ein paar Stücke von Smetana und Konsorten und versicherte, dass es für ihn gar nicht möglich sei, sich die Happen aus 10 cm Entfernung in den Mund zu schmeißen, weil sein Kopf beim Essen viel zu dicht über dem Teller hängen würde. Das war genau die Mischung aus Witz und Geist, wie sie mir gefiel. Er war zwar 2 Jahre jünger als ich, klang aber sehr sympathisch. Allerdings hatte er um meine Privatnummer gebeten.

Da ich die aber noch nicht rausrücken wollte, hinterließ ich ihm wieder eine Nachricht, in der ich auf die Gefahr des Telefonterrors hinwies, nur für den Fall, dass er vielleicht DOCH mehr dem Telefonsex zugeneigt sei, zumal er seinen Briefkasten ja etwas zweideutig besprochen hätte. So etwas wäre zwar nicht „mein Ding": Ich fänd's aber prinzipiell nicht schlimm, denn: „Jedem Tierchen sein Pläsierchen". Dann allerdings würde aus uns wohl nichts werden und ich würde ihm noch viel Spaß auf dieser „Line" wünschen. –

Wir schickten uns in den nächsten Tagen bestimmt 10 Nachrichten hin und her, in denen wir uns fast stritten. Das Ganze aber immer mit freundlichen Worten und auf anspruchsvollem Niveau. Streitpunkt war für mich meistens die Art, wie er immer wieder sein Briefkasten-Intro änderte. Ich hatte ständig Zweifel, ob das nicht doch einer dieser Telefonsex-Kandidaten sei, der sich nur nicht gleich zu erkennen geben wollte. Er stritt dies jedoch vehement ab und ‚zickte zurück'. Keiner von uns verriet seine Privatnummer. Irgendwann hatten wir es endlich geschafft, uns für Mittwoch zwischen 20.30 Uhr und 21 Uhr auf der „Line" zu verabreden und uns direkt anzuwählen. Man hörte dann, wenn man gerade im Gespräch mit einer anderen Person war, ein „Ding-Dong" und musste sofort die „1" drücken, um die Verbindung herzustellen. Wollte man das Gespräch nicht annehmen, dann konnte der andere wieder eine Nachricht hinterlassen.

Ich hetzte mich also am Mittwoch total ab und schaffte es trotzdem erst, um 20.45 Uhr zu Hause zu sein. Ich besprach mein Briefkasten-Intro mit „Hallo, Rainer, spät zwar, aber es hat geklappt. Bis gleich …" Von wegen bis gleich! Insgesamt 5 Mal klingelte ich ihn an und jedes Mal diese Computerstimme: „Dein Anruf kommt leider ungelegen, du kannst aber gerne eine Nachricht hinterlassen." Völlig entnervt hinterließ ich ihm beim 6. misslungenen Versuch, es war mittlerweile 22 Uhr, die ironisch-freundliche Nachricht, dass ich ihn jetzt bei seinem scheinbar sehr „anregenden" Gespräch nicht unterbrechen wolle. Das müsse er ja haben, denn schließlich hätte er meine 6 Durchstellversuche ignoriert. Ich triumphierte, dass ich mich ja nun doch bestätigt sehen würde in meiner Annahme, wünschte ihm noch weitere „anregende" Gespräche und verabschiedete mich „mal wieder" für immer.

Dann hörte ich noch ein paar Nachrichten in meinem Briefkasten ab, als es auf einmal ertönte: „Ding-Dong! Du hast einen Anruf von", nun war sein neues Briefkasten-Intro zu hören, „Rainer!!!" Es klang ziemlich gehetzt. Na, eine letzte Chance gibst du ihm noch, dachte ich, und stellte durch.

Das Erste, was passierte, war, dass wir beide in schallendes Gelächter ausbrachen, als wir feststellten, dass wir zwar noch nie miteinander telefoniert, trotzdem aber schon gestritten hätten wie ein altes Ehepaar. Er meinte, gerade nach meiner ironisch-freundlichen Nachricht hätte er sich gedacht: „Was ist das bloß für eine interessante Zicke, die musst du näher kennen lernen." Na ja, und verhehlen könne er auch nicht, dass meine Stimme sehr interessant klingen würde und man gleich merke, dass ich was im Köpfchen hätte. Ganz im Gegensatz zu dem Großteil der übrigen Frauen auf dieser „Line". Natürlich liegt es auf der Hand, dass ich nun wissen wollte, warum er auf mein

Anklingeln nicht reagiert hatte und was es mit seinen ominösen Briefkasten-Intros auf sich hatte.

Er erklärte, dass er sich gerade mit einer sehr interessanten Frau unterhalten hätte, die Zahnärztin gewesen wäre, genauso wie seine Ex-Frau, und dass er es unfreundlich fände, ein so interessantes Gespräch einfach abzubrechen, um ein anderes entgegenzunehmen. Er würde sich seit ca. 3 Monaten auf dieser „Line" tummeln und er hätte die Erfahrung gemacht, dass man sein Intro möglichst interessant und vielleicht sogar provozierend einsprechen sollte, das mache die meisten Frauen neugierig und man wäre den anderen Männern eine Nasenlänge voraus. Wir philosophierten noch ein wenig hin und her und stellten erstaunlicherweise ziemlich viele Gemeinsamkeiten fest. Irgendwann fand ich aber heraus, dass er gar nicht in Berlin lebte, sondern in Rostock-Warnemünde. Ich erklärte ihm zwar, dass ich eigentlich jemanden aus meiner Gegend kennen lernen wollte, konnte es aber andererseits gar nicht fassen: Er lebte also tatsächlich in einer Doppelhaushälfte mit Blick direkt auf meine geliebte Ostsee!

Meine Bedenken über die Entfernung, die ja im wahrsten Sinne des Wortes zwischen uns stehen würde, falls wir uns irgendwann mal treffen wollten, wischte er sehr überzeugend weg.

Wenn er sich ins Auto setze, könnte er in zweieinhalb Stunden bei mir sein, und mal ehrlich, könne man in Berlin nicht auch schon mal zwei Stunden von Nord nach Süd unterwegs sein? Wo er Recht hatte, hatte er Recht. Es herrschte mit einem Mal totale Harmonie zwischen uns. Diese Stimme, diese Ausdrucksweise, dieser Humor … kurzum: Ich fand ihn einfach immer sympathischer.

Dann hörte ich ihn sagen: „Du, es hat gerade bei mir an der Wohnungstür geklingelt. Sag mal schnell, gibst du mir deine Privatnummer? Ich kann dir meine leider nicht geben, weil ich vom Anschluss meines Nachbarn telefoniere. Mein Haus ist noch nicht ganz fertig und das mit dem eigenen Telefon dauert noch eine Weile. Du kennst das sicher: Typisch Osten." Ich musste zugeben, zu dieser Zeit mussten manche Bewohner in den neuen Bundesländern längere Zeit auf einen Anschluss warten. Das war mir nicht neu. „Oh Mensch, es hat schon wieder geklingelt. Was ist? Gibst du sie mir? Ich verspreche dir auch, keinen Telefonterror zu betreiben, da sehe ich sowieso keinen Sinn drin. Also?!?" Auf einmal hörte ich, wie eine Stimme meine Telefonnummer preisgab. Ich glaub, es war meine …

Er hatte längst aufgelegt, als ich noch dasaß und total verdattert den Telefonhörer in meiner Hand anstarrte. Hatte mich dieser gerissene Kerl doch glatt überrumpelt! Na ja, ändern konnte ich das nun auch nicht mehr, und wenn ich ehrlich war, war es mir auch gar nicht mehr so unrecht.

Nach ca. 20 Minuten klingelte das Telefon. Ich ließ erst den Anrufbeantworter angehen, um seine Stimme aufzuzeichnen. Schließlich musste mein Pig doch immer über alles und jeden informiert werden. Ich ließ ihn ein paar Worte sagen, dann hob ich ab.

Wir telefonierten bestimmt noch 5 Stunden und wenn nicht – wie immer um halb fünf – mein Wecker angegangen wäre, hätte ich sicher meinen Bus zur Arbeit verpasst.

Innerhalb von nur einer halben Stunde schafften wir es dann auch tatsächlich, uns zu verabschieden. Jedoch nicht, ohne uns für abends 18 Uhr am Telefon zu verabreden und erst, nachdem wir abgeklärt hatten, wer von uns denn nun wirklich als Erster auflegen sollte. Wir zählten bis 3 und knallten dann beide gleichzeitig den Hörer auf. Es klappte sogar schon nach dem 3. Versuch. Allerdings vergewisserte ich mich anschließend noch einmal, ob er auch wirklich aufgelegt hatte. Er hatte.

Ich schwebte in die Küche, setzte Kaffee auf, ließ mir ein Öl-bad ein und kümmerte mich endlich um das Frühstück meiner halb verhungerten 6-Kilo-Katze Luzie, die mich mittlerweile keines Blickes mehr würdigte. Wohl aber hatte sie einen gierigen Blick für ihren Fressnapf übrig.

Ich schwebte mit meinem Kaffeepott wie auf rosa Wolken weiter ins Badezimmer. Dann holte ich noch den 5-armigen Kerzenleuchter, zupfte von meinem Rosenstrauß – leider nur ein selbst gekaufter – ein paar Blütenblätter ab und ließ sie in die Wanne rieseln. Zur „Morgenstimmung" von Grieg glitt ich langsam in die Wanne, steckte mir genüsslich eine Zigarette an und schlürfte meinen Kaffee.

Ich rekapitulierte das Telefonat. Nach langer Zeit verspürte ich wieder mal dieses Kribbeln im Bauch. Dabei hatte ich ei-gentlich schon beschlossen, nicht mehr an den Humbug mit der Weissagung zu glauben, und dann so etwas. Ja, er war es, **mein Traummann!**

Wir hatten einfach so viele Gemeinsamkeiten festgestellt, dass es schon gar nicht mehr wahr sein konnte. Allerdings war er im Gegensatz zu mir geschieden und hatte einen 9-jährigen Sohn namens Philipp, der bei seiner Exfrau, der Zahnärztin, lebte. Er arbeitete in einem Autohaus als leitender Angestellter und war gerade dabei, sich sein Traumhaus einzurichten.

Die Leute in Bus und U-Bahn auf der Fahrt zur Arbeit lächelten mich seltsamerweise alle so freundlich an.

Kein Wunder, ich grinste die ganze Zeit wie ein Honigku-chenpferd. Jedenfalls empfing mich Pig, die mittlerweile nun auch meine Kollegin geworden war, mit den Worten: „Wer ist es denn diesmal?" Auf meinen fragenden Blick hin hielt sie mir kurzerhand einen Spiegel vor die Nase und ich entdeckte, dass meine Mundwinkel sich in nahezu bedrohlicher Weise der

Ohrläppchenregion genähert hatten. Sie wirkten wie festgeklebt. Es sprudelte nur so aus mir heraus und Pig hörte sich anteilsam und geduldig alles an.

Ich konnte mich zwar kaum auf die Arbeit konzentrieren, schaffte es aber irgendwie, den Tag zu überstehen. Um fünf stürzte ich in meine Wohnung. Ich kümmerte mich um die lästigen Haushaltspflichten und um Luzie, die mir mit einem kläglichen Miau weismachen wollte, dass sie schon wieder kurz vor dem Hungerstod stand. Bei jedem Vorbeilaufen vergewisserte ich mich, ob auch das Telefon laut genug gestellt war, und beim Staubsaugen lief ich mit dem Telefonapparat am Ohr hin und her. Halb sechs: Ich hypnotisierte das Telefon und versuchte, es mittels Telekinese zum Klingeln zu bringen. Vergebens! Ich nahm den Hörer ab: Freizeichen, es war also in Ordnung.

Eine Ewigkeit verging, bis es dann tatsächlich klingelte. Ich rannte vom anderen Ende des 8 Meter langen Raumes los und konnte gerade noch mit der rechten Hand meinen linken Arm zurückreißen. Nein! Erstens sollte er wieder auf meinem Anrufbeantworter verewigt werden und zweitens sollte er keinesfalls den Eindruck bekommen, dass ich allzu sehr auf seinen Anruf gewartet hätte. Genau aus diesem Grund hatte ich mich nämlich auch um 10 vor 6 am anderen Zimmerende postiert und gewartet. Ich zitterte am ganzen Körper, wartete, bis er ein paar liebe Worte gesagt hatte, atmete tief durch und nahm ab: „Hallo, mein Gott, ist es wirklich schon 6, also die Zeit rennt ja förmlich. Und? Wie war dein Tag?"

Diesmal schaffte ich es, noch vor Mitternacht einzuschlafen und träumte süß. Wir hatten jetzt zumindest unsere Diensttelefonnummern ausgetauscht und er hatte mir schon viel von Philipp und seiner Sekretärin Frau Schmidt erzählt.

Fortan telefonierten wir mindestens 2 Mal täglich und außerdem hinterließ er mir immer jeweils eine Nachricht auf meinem Anrufbeantworter, während ich arbeiten war, und einen Gutenmorgengruß auf meiner Briefkastenbox. Letztere besprach er immer schon abends, und wenn morgens mein Wecker anging, griff ich als Erstes zum Telefon, um seine Stimme zu hören.

Irgendwann nach einer Woche fragte er, ob ich auch die Möglichkeit hätte, ihm ein Fax zu schicken. Ich weihte meine befreundete Kollegin Susi ein, in deren Zimmer ein Faxgerät stand und sie gab mir das O.k., es auch mal privat benutzen zu dürfen. Auf dem Weg zur Arbeit ließ ich Passbilder machen, bereitete einen Brief vor, kopierte das hübscheste Foto, klebte es drauf und kopierte das Ganze noch einmal, damit auch alles durchs Faxgerät passte. Gegen Mittag ging ich zu Susi. Ihre Tochter – genauso alt wie meine Nichte – war gekommen, um sie abzuholen. Sie arbeitete immer nur bis 14 Uhr.

Mein Herz klopfte im schnellsten Techno-Tempo. Ich rief ihn an, teilte ihm mit, dass es besser wäre, wenn er sich ans Fax stellen würde, weil das nächste Fax nicht für Frau Schmidt bestimmt wäre. Falls er mich dann noch anrufen wollte, wäre ich ab soundsoviel Uhr wieder in meinem Zimmer. Ich legte auf. Susi und ihre Tochter drängten mich 10 Minuten lang, nun auch endlich mein Fax abzusenden, aber ich war mal wieder wie gelähmt. Was, wenn ich seinen Erwartungen optisch nicht entsprach? War es dann zu Ende? Ich konnte nicht. Susi riss mir das durchtränkte Teil aus den schweißnassen Händen, wedelte es trocken und schob es ins Faxgerät – ab die Post! Im Radio lief zeitgleich das Lied von Andrea Bocelli und Sarah Brightman „Time to Say Goodbye". „Kein gutes Omen", brachte ich plötzlich doch heraus, während ich mich vom Boden her am Schreibtisch wieder hochhangelte. „Ach Quatsch!", meinte Susis Tochter, „,Time to Say Goodbye' zu deinem Single-Leben!"

Das überzeugte mich zwar nicht gänzlich, baute mich aber doch wieder etwas auf.

Wieder an meiner Zimmertür angelangt erwarteten mich mein Pig und meine andere Kollegin Liz.

Sie hatten beide Mühe, aus meinen dahingestotterten Wortfetzen, begleitet von wild gestikulierenden Ausbrüchen, eine einigermaßen verständliche Zusammenfassung der letzten halben Stunde zu rekonstruieren. Zu guter Letzt hielt ich ihnen einfach mein Fax hin. Das half. Nun verstanden sie endlich, was ich in meiner Aufregung versucht hatte, ihnen klarzumachen. Das Schlimme an der Sache war, dass bereits fast eine Stunde vergangen war und er noch immer nicht angerufen hatte. Dann endlich klingelte das Telefon. Wir sprachen nur ganz kurz miteinander. Er war auf einmal ziemlich wortkarg, was meiner Unsicherheit erst richtig Auftrieb gab. Dann fragte er, ob ich denn auch sein Fax bekommen hätte. Ich?! Ein Fax?! Nein! Die Kollegin in dem Zimmer hätte auch schon Feierabend und in das Zimmer käme ich nicht mehr rein. Aber sie wäre eingeweiht und hätte morgen Früh als erste Person Zugang zu den eingehenden Faxen. Das wäre also kein Problem. Na, dann wär's ja gut, er müsse jetzt erst mal weiterarbeiten. Ob wir später noch einmal telefonieren könnten. – Das war's, dachte ich, bejahte seine letzte Frage und legte resigniert auf. Mein Ego war total am Boden. Bis dato hatte ich immer geglaubt, eine halbwegs attraktive Person zu sein, wobei mir klar war, dass ich nicht jedermanns Typ sein konnte. Aber warum musste nun ausgerechnet er einen anderen Geschmack haben?!

Ich hielt die Ungewissheit nicht mehr aus, ich musste an dieses Fax rankommen.. Unter scheinheiligem Vorwand besorgte ich mir kurzerhand den Schlüssel zum Zimmer mit der Erklärung, dass dort noch ein wichtiges Fax für eine meiner Akten angekommen sei, das ich unbedingt heute noch bräuchte.

Kein Problem, versicherte mir die Angestellte. Ich stolperte die Treppen hoch, schloss auf und sah, dass im Faxgerät ein Papierstau aufgetreten war. Ich behob den Schaden und musste erst zwei andere Nachrichten abwarten. In dieser Zeit rief ich in meinem Zimmer an, wo Pig und Liz auf mich warteten, um mit jemandem sprechen zu können, wenn sein Fax kam.

Dann kam es: „Hallo, Schnuddelbacke! Vielen Dank für Dein liebes Fax und Dein hübsches Foto". Es folgte ein aktueller Ostseewetterbericht und dann ging's weiter: „Mein Bild folgt auf Seite 2 … Ich freue mich schon auf den schönen Abend, den ich haben werde, denn ich werde mit DIR telefonieren."

Unterschrieben war das Teil mit „Dr. Rainer P.". Wahrscheinlich eine Anspielung auf seine Doktoren-Exgattin. Woauw! Jetzt war ich natürlich höllisch gespannt auf Seite 2 und trompetete in den Telefonhörer: „Es kommt, es kommt! Mein Gott, das Foto muss eine halbe DIN-A4-Seite einnehmen! Warum dauert das so lange?! Ich kann gar nicht hinschauen!" Vor lauter Aufregung riss ich das Telefon zu Boden. Die Verbindung war weg. Egal, wichtiger war jetzt das Bild. Da war es: Sah sehr gut aus, der Knabe. Er musste es aus seinem Personalausweis kopiert haben, denn teilweise war sein Geburtsdatum zu sehen: 13.11. – Schau an, schau an, ein Skorpion, das passt, dachte ich. Mein Vater hat nämlich am 14. und meine Mutter am 15.11. Geburtstag. Er hatte dazugeschrieben, dass es zwar schon zwei Jahre alt sei, er aber immer noch so aussehe. – Was ich jetzt allerdings nicht mehr verstand, war seine Wortkargheit am Telefon mir gegenüber. Aber wer sagte eigentlich, dass er jetzt nicht genauso verunsichert war wie ich kurz zuvor? Ich rannte wieder zur Schlüsselausgabe, gab dankend den Schlüssel ab und hechelte zu meinem Zimmer.

Es war niemand mehr da und es war abgeschlossen. Ich hatte nicht lange Zeit, mich zu wundern, denn Pig und Liz bogen just in der Sekunde auch schon um die Ecke. Nachdem die Verbindung unterbrochen gewesen war, hatten sie gedacht, ich sei umgefallen, und wollten mir zu Hilfe eilen. Wir gingen wieder in mein Zimmer, Fax und Foto wurden genauestens untersucht und durchgesprochen. Nun verspürte ich eine riesige Erleichterung. Wissen Sie, es hat zwar durchaus seine Vorteile, wenn man jemanden erst am Telefon kennen lernt, weil man sich nicht vom Äußeren ablenken lässt. Man lernt eben erst mal den Menschen an sich kennen. Aber wie sagt man so schön? „Das Auge isst mit." Wenn er jetzt abgrundtief hässlich gewesen wäre, was wäre dann gewesen?!? Darüber brauchte ich jetzt nicht mehr nachzudenken. Ich fuhr nach Hause und freute mich auf mein Telefon …

Leider hatten wir keine bestimmte Uhrzeit vereinbart. Also versuchte ich, ihn auf der Arbeitsstelle zu erreichen, aber Frau Schmidt vertröstete mich auf den nächsten Tag. Nix da! Ich wählte die Nummer der „Line", in der Hoffnung, ihn dort zu erwischen.

Zuerst hörte ich meine Nachrichten ab. Es begann mit Nr. 1 „Peter, 35, aus Berlin", dann Nr. 2 „Hier ist Diddl-Maus" und er war die Nr. 3 „... die wohl längste Praline der Welt"!!!

Die nette Computerstimme holte mich aus meinem wachkomaähnlichen Zustand wieder zurück mit den Worten: „Diese Person befindet sich gerade auf der ‚Line', möchtest du mit ihr sprechen?" Ich knallte den Hörer auf die Gabel. Den „Schmusekater" und Ähnliches hatte ich mir ja lange genug gefallen lassen, aber DAS war doch mehr als eindeutig! Mein Traum von gemeinsamen verliebten Wochenenden an der Ostsee zerplatzte über mir wie eine Seifenblase.

Nachdem ich einigermaßen meine Fassung wiedererlangt hatte, sann ich auf Rache. Na warte, dachte ich. Ich richtete mir einen zweiten Briefkasten ein, hauchte mein neues Intro ein, mit den Worten: „Hier ist die zarteste Versuchung, seit es Schokolade gibt." Dann schickte ich ihm mit dem erotischsten Unterton, den ich zustande zu bringen in der Lage war, die folgende Nachricht:

„Grüß dich, du längste Praline der Welt. Was hältst du davon, wenn wir in den Schmelztiegel steigen, um gemeinsam zu zerfließen und uns dann zu einem riesigen Stück Schokolade zu vereinen?" Das musste sitzen, denn meine Stimme erkannte er – wie er mir öfter versichert hatte – aus tausenden heraus, genauso ich seine.

Abends um halb elf rief er mich an. Offenbar hatte er diese Nachricht noch gar nicht abgehört. Er wirkte gut gelaunt, selbstsicher und … „irgendwie entspannt". Ich ließ ihn erst mal reden. Im Hintergrund war eine müde Kinderstimme zu hören: „Papa …?" Er hielt die Sprechmuschel des Telefons zu und entschuldigte sich zwei Sekunden später, dass er gerade bei seinem Freund übernachte und bla, bla, bla.

Als er irgendwann still wurde und fragte, ob ich überhaupt noch dran sei, fragte ich ihn, ob „die kleine Praline denn" eigentlich ihre Nachricht auf ihrer Box schon abgehört hätte. „Was?!", es klang ziemlich entsetzt.

Ich hätte ihm eine Nachricht draufgesprochen? Ja, was denn für eine? Ich entgegnete, dass es vielleicht besser wäre, wenn er sie erst mal abhörte. Er wirkte nun völlig verunsichert, versprach aber, sich in 5 Minuten noch einmal zu melden … Er rief nie wieder an …

Rein interessehalber hörte ich später ab und zu noch mal rein, wie er danach seine Intros änderte in „Rumpelstilzchen" oder „Der böse Wolf sucht sein Rotkäppchen" und manchmal war es einfach nur ein ganz kurzes, heiser gekrächztes „Rainer!" … aber wie sagte ich eingangs schon so schön?

Jedem Tierchen sein Pläsierchen, auch wenn es Rainer heißt ...

Rainer ☹

Max ☺

Eigentlich weiß ich gar nicht, wie er heißt. Ich nenne ihn jetzt einfach mal Max. Denn bis zum namentlichen Vorstellen reifte unser „Kennlerngrad" erst gar nicht. Ich hielt es für besser, die Aktion Max vorher zu beenden. Aber urteilen Sie selbst:

Ich saß im U-Bahnhof auf einer Bank, wartete auf meinen Zug und verschlang gerade ein leckeres Croissant. Eine Mittagspause war heute mal wieder nicht drin gewesen und irgendwann, sei's auch erst um 17 Uhr, muss der Mensch ja mal was essen. Selbst wenn man nach einem Tag ohne Essen noch nicht verhungert und auch die kleinen Röllchen in der Bauchgegend eher mal eine „Pause" vertragen könnten. Aber ich schweife ab.

Ich saß also da und beobachtete das Treiben der vielen Menschen dort. Das kann wirklich interessant sein. Ganz besonders fasziniert war ich von dem Anblick eines jungen Mannes, der sich mit langsamen Schritten vom anderen Ende des Bahnhofs her in meine Richtung bewegte. Irgendetwas an seiner Person fesselte meinen Blick. Ich versuchte herauszufinden, was es war. Er sah so nachdenklich aus. Eigentlich ein hübscher Mann: dunkle Locken, schlank, und so um die 30. Mein Blick glitt an meinem Flirtopfer runter und ich bemerkte, dass er eine für diese Jahreszeit viel zu dünne Jacke trug, dann stachen mir förmlich die „Hochwasserhosen" und die ausgelatschten Schuhe ins Auge. Im nächsten Moment bückte sich der hübsche Kerl und hob etwas auf. Er steckte sich blitzschnell eine halb gerauchte Zigarette in die Tasche. Meine anfängliche Flirtbereitschaft wich nun einem tiefen, aufrichtigen Mitgefühl.

Der arme Kerl! Das war's: Die viel zu dünne Jacke, die Hochwasserhosen, die Kippe, die er aufhob, das alles passte ja auch vollkommen zu diesem verlorenen Blick und den hängenden Schultern. Der junge hübsche Mann stand vielleicht am Beginn der Obdachlosigkeit und hatte vor kurzem erst seine Arbeit verloren!

Wie schlimm das menschliche Schicksal doch manchmal zuschlägt. So ein hübscher junger Mann (im heiratsfähigen Alter) und dann das!

Meine U-Bahn kam und ich vergaß vor lauter Weltschmerz fast, dass ich einsteigen musste, um die Sache weiter zu beobachten. Mit einem riesigen Satz konnte ich gerade noch hineinspringen, als auch schon die Türen hinter mir zuschnappten.

Ich setzte mich auf einen Platz seitlich von ihm, von dem aus ich ihn gut beobachten konnte. Dieser verlorene Blick ging mir durch und durch. Ich überlegte, wie ich ihm am diskretesten einen 20-Euro-Schein zustecken könnte. Vielleicht einfach vorbeilaufen mit den Worten „Gönnen Sie sich mal was Gutes zu Essen", ihm die 20 Euro in die Hand drücken und dann ins nächste Abteil entschwinden?

Das Ehepaar, das ihm auf der Zweierbank gegenübersaß, stand nun auf, um auszusteigen. Max saß immer noch mit diesem verlorenen Blick und den hängenden Schultern da. In Gedanken war ich schon bei einem 50-Euro-Schein. Irgendwo musste er doch auch übernachten. Er schien nämlich müde zu werden. Denn nun stemmte er einen Fuß gegen die gegenüberliegende Bank und es sah so aus, als wolle er es sich etwas bequemer machen, um zu schlafen. Aber die Situation war ihm scheinbar so peinlich, dass er den Fuß wieder runternahm. Wahrscheinlich hatte der arme Kerl die ganze Nacht bei der Eiseskälte draußen verbringen müssen. Da kann man natürlich nicht schlafen. Und nun würde er am liebsten seiner Erschöpfung freien Lauf lassen und hier in der U-Bahn endlich mal ein bisschen die

Augen zumachen. Aber seine gute Erziehung ließ dies aus lauter Schamgefühl sicher nicht zu. Muss wirklich schlimm sein, so am Rande seiner Existenz zu stehen.

Als ich gerade vergeblich nachgeschaut hatte, ob ich nicht auch einen Schein mit einer Eins und zwei Nullen in meinem Portemonnaie ausfindig machen könnte, und in mich in Gedanken schon beim Geldabheben sah, spitzte sich die Situation zu: Fuß rauf auf die Bank, Fuß runter. Beide Füße rauf, beide runter. Plötzlich stemmt er beide Füße gegen die Bank. Aber Moment … er hält inne und nimmt sie NICHT wieder runter.

Irgendetwas in seinem Gesicht hatte sich gravierend verändert. Und nun folgte das Erlebnis, das ich nicht besser beschreiben kann als mit den Worten „Was auch immer es gewesen war, es muss danach tot gewesen sein!" Plötzlich sprang er auf den gegenüberliegenden Sitz, ging in die Hocke, hielt sich mit der Hand an der Stange fest und hüpfte auf dem Sitz herum! Die Frau, die in unmittelbarer Nähe hinter einer Glasscheibe stand, riss mit einem spitzen Aufschrei entsetzt ihr Kind an sich und hielt ihm die Augen zu. Überquellende Augen, vor lauter Grinsen zu Masken verzerrte Gesichter und zugehaltene Münder, wo man nur hinschaute. Auch mir ging es nicht anders. Ich musste das Abteil wechseln, weil ich schon Muskelkater in der Wangengegend hatte von dem krampfhaften Versuch, mir das Lachen zu verkneifen. Etwas ängstlich huschte ich an ihm vorbei zur Tür – man weiß ja nie, wozu solche Leute noch fähig sind – und hastete ins nächste Abteil, bevor der Zug wieder losfahren konnte. Ich fand einen Platz in der Nähe des Fensters zu seinem Abteil und konnte so die Situation weiter im Blick behalten, allerdings aus sicherem Abstand.

Er stieg dann irgendwann bei den städtischen Heilstätten aus. Auch das ältere Paar, das mir in meinem neuen Abteil gegenüber saß, erhob sich und stieg aus. Nun nahm ich den Sitz mal genauer unter die Lupe. Schließlich will ich immer alles und jeden versuchen zu verstehen. Der Stoff des Sitzes war aus einem gemuschelten Muster in den Farben Weiß Grau, Blau und Rot, die regelrecht ineinander verschlungen waren.

Probieren Sie's mal aus: Wenn man zu lange dort drauf starrt, fängt „ES" wirklich an zu leben! – Aber Gott sei Dank kam dann meine Station und ICH brauche ES nicht mehr zu zertreten.

Max

Justus, Ferdinand oder doch Hubertus

So langsam wurde es mehr als eng. Ich hatte noch 4 Tage Zeit, dafür zu sorgen, dass diese verdammte Weissagung eintraf. Anfang kommender Woche stand mein 35. Geburtstag an. Ich hatte also, um es genau zu sagen, noch 4 Tage Zeit, dafür zu sorgen, dass diese verdammte Weissagung endlich eintraf. Gut, rein rechnerisch war ich zwar schon im 35. Lebensjahr, aber solange ich das 34. nicht vollständig geendet hatte, war ich eben noch 34, basta!

Dass ich diesen Tag überhaupt erleben würde, hatte ich allein Pig zu verdanken, die mich mit tröstenden Worten aus meiner tiefen Depression heraus und vom Dach eines Hochhauses wieder herunterholte. Auslöser für diese Kurzschlussreaktion war damals der „nette" Apotheker gewesen, bei dem ich mir eigentlich nur etwas gegen meine Kopfschmerzen hatte besorgen wollen. In letzter Zeit hatte ich mir wahrscheinlich im wahrsten Sinn des Wortes zu sehr den Kopf zermartert, wie ich nun endlich unter die Haube kommen könnte. Wie es anfangs schien, handelte es sich um einen sehr netten und wahnsinnig gut aussehenden Apotheker. Er hatte mich verführerisch angelächelt und gesagt: „Ich pack Ihnen noch was Schönes ein …" Ich lächelte fasziniert zurück und verließ verträumt den Laden. Wenn schon kein Arzt, warum dann nicht ein hübscher Apotheker? Als ich draußen war, durchsuchte ich in hektischer Vorfreude die Tüte nach seiner vermeintlichen Telefonnummer, die er mir sicherlich diskret hineingeschmuggelt hatte. Was sonst hätte er mit dieser Flirterei meinen sollen? Doch dann starrte ich auf das, was da auf einmal in meiner Hand lag: zwei Pröbchen für eine Anti-Falten-Creme namens „Anti-Age-43+". Ich peilte wie ferngesteuert das nächste Hochhaus an. Den Rest der Begebenheit kennen Sie ja …

Da man in Deutschland bekanntlich erst nach wochenlangem Aushang eines Aufgebots heiraten konnte, war eine Hochzeit in heimatlichen Gefilden ja nunmehr ausgeschlossen.

Amerika! Land der unbegrenzten Möglichkeiten! Las Vegas hieß das Zauberwort! Dort konnte man ohne großes Brimborium auf der Stelle heiraten und sich nötigenfalls auch sofort wieder scheiden lassen.

Die Flugdauer betrug inklusive Zwischenstopp in Frankfurt exakt 14 Stunden und 5 Minuten. Demnach bestand noch eine reelle Chance, bis Dienstag, den 29. Juni, 2 Uhr MEZ verheiratet zu werden. Bei 8 Stunden Zeitverschiebung müsste ich also spätestens um 10 Uhr Ortszeit den Bund für's Leben geschlossen haben.

Diesem Geistesblitz folgend plünderte ich einen Teil meiner Ersparnisse und verkaufte mein vor zwei Jahren erstandenes Brautkleid. Ein paar Tage nach Karins Weissagung war ich nämlich voller Vorfreude losgelaufen und hatte mich von der Verkäuferin breitschlagen lassen, es zu kaufen, obwohl ich damals doch eigentlich erst mal nur sehen wollte, wie mir so etwas steht. Sie hatte mir aber versichert, dass das Kleid an mir so traumhaft aussehen würde und der Preis von 3.000,00 Euro für dieses edle Teil ein absolutes Schnäppchen wäre. Ein paar Sekunden später fand ich mich mit einem riesigen, wunderhübschen Karton, in dem das traumhafte Etwas steckte, vor der Ladentür wieder.

Schade zwar, dass ich mich nun wieder davon trennen musste, aber in Las Vegas brauchte ich das Ding nicht unbedingt. Die kirchliche Trauung konnten wir ja auch später irgendwann nachholen. Vom Erlös ergatterte ich noch am Freitagabend im Reisebüro 2 Hin- und Rückflugtickets Berlin / Frankfurt / Las Vegas für kommenden Montag.

Voraussichtlicher Abflug sollte um 9.35 Uhr sein. Zwei Trauzeugen ließen sich mit Sicherheit vor Ort auftreiben. Dafür hätte ich dann noch fast 2 ½ Stunden Zeit. Denn wenn alles gut ging und wir keine Verspätung haben würden, könnte ich nach der Landung am Dienstag pünktlich um 7.40 Uhr Ortszeit (23.40 Uhr MEZ) in Las Vegas auf die Suche gehen. Viel wichtiger war es zunächst, ein heiratswilliges männliches Wesen zu finden, das mit mir über den großen Teich flog, um mich zu ehelichen.

Mit den Tickets in der Tasche hätte ich mich zwar wohler gefühlt, aber die sollte ich leider erst am Abfertigungsschalter bekommen. Ich stürzte nach Hause, hängte mich ans Telefon und organisierte die Verpflegung meines von der Familie der Piranhas abstammenden Kugelfisches auf 4 Beinen namens Luzi, welche wie immer um diese Zeit lautstark nach den allabendlichen Brekkies verlangte. Mein Pig erklärte sich nach zwei Stunden telefonischer Überzeugungsarbeit zur Raubtierfütterung bereit.

Anders kann man das nun wirklich nicht nennen. Denn es war leider schon vorgekommen, dass Luzi ihre Ersatzdosenöffner, die mich urlaubsbedingt vertraten, stundenlang nicht mehr aus dem Badezimmer gelassen hatte, wo ihr allerheiligstes Katzenklo stand. Nachdem ich Pig zugesagt hatte, ihr den eigens für solche Angelegenheiten beschafften Schutzanzug vorbeizubringen, hatte sie dann doch zugesagt. Nun versuchte sie mir allerdings zu erklären, dass ich doch wirklich nicht heiraten müsse. Sie alle würden mich doch auch so lieb haben.

Zu spät. Weissagungen waren dazu da, gefälligst auch einzutreffen. Und wenn sie dies nicht freiwillig taten, musste man eben ein klein wenig nachhelfen.

Als Luzi sich endlich auf den Kratzbaum bugsiert hatte und nun völlig gedopt und im Brekkiesrausch den Schlaf der Gerechten schlief, bereitete ich alles für meine nächste Aktion vor. Ich baute das zusammengesuchte Material auf dem Wohnzimmertisch vor mir auf: 4 Edding-Stifte in Rot, Blau, Grün und Schwarz, Reißzwecken und ein paar Blätter Papier. Nun entwarf ich ein Flugblatt, auf dem ich meinen Angetrauten suchte, raste los und vertausendfachte das Ganze in einem Copy-Shop. Natürlich mussten es Farbkopien sein, denn es sollte ja sofort ins Auge stechen. Ich hatte die ganze Nacht und den folgenden Samstag Zeit, die Flugblätter in der gesamten Stadt zu verteilen und an den verschiedensten Objekten zu befestigen. In meinen Rucksack packte ich Kaffee, ein paar belegte Brote und – nur für den Fall, dass ich zwischendurch mal schlapp machen sollte – eine Decke und einen Wecker.

Die Zeit rannte, denn am Sonntag musste ich telefonisch in Bereitschaft sein, wenn sie alle anriefen. Und wenn ich ehrlich bin – etwas Zeit, mir den einen oder anderen vorher auch mal anzuschauen, hätte ich schon ganz gern gehabt …

Auf dem Stadtplan hatte ich eine sternförmige Route eingemalt, die ich auf den U-Bahn-Fahrplan übertrug. Da ich kein Auto besaß, musste ich die U-Bahn nutzen, solange sie fuhr. Denn es gab nur wenige Linien, die nachts durchgehend fuhren. Demnach müsste ich ungefähr in der Zeit zwischen 1.30 Uhr und 4 Uhr auf das Nachtbuslinnennetz zurückgreifen und, wenn es gar nicht anders ging, eben per Anhalter oder mit dem Taxi weitermachen. Für den Fall, dass mich die Erschöpfung völlig übermannen sollte, hatte ich mir ein kleines Amulett aus Kindertagen umgehängt, in dem sich noch der alte, seinerzeit von meiner Mutter geschriebene Zettel befand, auf dem stand: „Ich habe mich verlaufen, bitte bringen Sie mich nach Hause, ich wohne …" Meine Adresse hatte ich bereits aktualisiert. Früher hatte das immer geklappt, wenn ich mich mal wieder von der Hand meiner Mutter gerissen und verirrt hatte. Auf ging's zum Copy-Shop und die nächtliche Tour begann …

Am Sonntagmittag erwachte ich auf meiner Couch. Luzi hatte aus meinem rechten Halbschuh eine entzückende Sandalette geknabbert und machte sich gerade über das linke Exemplar her. Der Zettel aus dem Amulett lag ausgebreitet auf dem Wohnzimmertisch und ein riesiges „DANKE!" stand drunter.

Erst, als ich mein auseinandergefleddertes Portemonnaie daneben entdeckte, verstand ich. Na super, wie blöd kann man eigentlich noch sein, dachte ich, und fand es nun doch ganz toll, dass ich die Tickets erst beim Abflug erhalten sollte. Ich stürzte zu meinem Wertsachendepot: Alles noch da! Tja, dieses Geheimversteck für Wertsachen ist eben so absurd, dass kein Einbrecher der Welt darauf kommen würde, dort zu suchen. Von daher werde ich den Teufel tun, es an dieser Stelle zu verraten.

Nachdem der erste Schreck sich gesetzt hatte, tat ich das Gleiche und goss mir einen Schluck kalten Kaffee aus der Thermoskanne ein. Ein vorwurfsvoller Blick aus der Nähe des Fressnapfes in der Küche ließ mich jedoch wieder hochfahren. Luzi und ich genehmigten uns erst mal ein ausgiebiges Frühstück.

Nun widmete ich mich wieder den wichtigeren Aufgaben. Mein Anrufbeantworter blinkte mit – wie mir schien – dreifacher Geschwindigkeit auf und zeigte 99 eingegangene Anrufe an. Das Zählwerk ging auch nur bis 99 und das Band war voll.

Ich griff zum Telefon, um das Klingeln wieder etwas lauter zu stellen, da bimmelte es auch schon wieder los. Ich meldete mich mit den Worten „Ja bitte?", riss aber sofort den Hörer wieder vom Ohr, weil mir überlautes, schallendes Gelächter entgegenblökte. Dann horchte ich vorsichtig noch einmal an der Muschel: aufgelegt.

Na ja, mit so etwas hatte ich schließlich gerechnet. Aber wenn auch nur ein einziger der 99 Anrufer dabei war, der halbwegs vernünftig klang, dann hatte die Aktion doch was gebracht.

Also öffnete ich meine Hörmuschel und lauschte voller Vorfreude den restlichen 98 Nachrichten. Die Freude währte nicht lange und sank mit jeder Nachricht tiefer, ebenso meine Mundwinkel. Die Palette, die ich über mich ergehen lassen musste, zog sich von obszönen Anrufen über gebrechlich alt klingende, dafür aber durchaus ernst gemeinte Greisenstimmen, die eher eine kostenlose Altenpflegerin suchten. Jedenfalls bagatellisierten sie minutenlang ihre „leichten Gebrechen" herunter und schlugen ein „langsames Annähern" vor. Bis hin zu diesen bereits erwähnten anonymen Lachsalven. Die Altenpflegerin hätte ich zwar noch in Kauf genommen, aber die Zeit für ein „langsames Annähern" hatte ich nun mal nicht. Die ganze Aktion war ein völliger Fehltritt gewesen.

Was nun?! Aber bekanntlich soll man die Hoffnung ja nie aufgeben …

Ich begab mich also zwecks Fassadenrestaurierung ins Badezimmer und schlüpfte anschließend – misstrauisch beäugt aus Richtung Kratzbaum – in ein attraktives Nachmittags-Ausgeh-Kostümchen, das mich, kombiniert mit einer konservativen Hochsteckfrisur, sogar richtig damenhaft und seriös wirken ließ. Es war 3 Uhr nachmittags. Auch wenn ich zu den Menschen zähle, die die „Positive-Thinking-Methode" mit aller Gewalt an sich selbst durchexerzieren und die eher das berühmte halbvolle Glas statt des halbleeren sehen, blieb mir natürlich auch nicht die Tatsache verschleiert, dass ich noch 18½ Stunden Zeit hatte, bis mein Flieger sein Näschen gen Himmel richten würde. Schlafen konnte ich schließlich im Flugzeug. Das damalige Café Kranzler am Ku'damm könnte einen guten Jagdgrund darstellen. Es würde sich dort bestimmt ein übrig gebliebenes männliches Exemplar mit weißer Nelke im Knopfloch auftreiben lassen, das seine angebetete Heiratsanzeigenbekanntschaft verpasst hatte, von dieser vielleicht absichtlich übersehen oder aus sonstigen Gründen verschmäht worden war.

Ich nahm eine große Tasche, stopfte die schon seit Freitag bereitliegenden Kleidungsstücke für Las Vegas hinein und quetschte mich in die zwar unbequemen, aber wunderschönen Absatzschuhe. Dann zuppelte ich noch eine weiße Nelke aus der Vase und los ging's.

Als Erstes steuerte ich den Zeitungsstand an. Ich ergatterte ein aktuelles Sonntagsblatt, in dem es vor Heiratsannoncen nur so wimmelte. Selbiges klemmte ich mir unter den Arm und hastete zum Taxistand. Pech gehabt, es handelte sich um eine Taxifahrerin. Dementsprechend wortkarg verlief auch der Transport zu meinem neuen Wirkungsort.

Hatte ich doch richtig vermutet. Das Café Kranzler war gerammelt voll und an einigen Tischen saßen Herren älteren Datums ohne weibliche Begleitung. Sogar die eine oder andere weiße Nelke und selbst das zweite untrügliche Erkennungsmerkmal, die Zeitschrift, waren des Öfteren vertreten.

Nach Sekunden dauerndem Peilblick trat ich drei Schritte vor, blieb hüstelnd stehen und blickte betont schüchtern in den Raum. Die Wirkung blieb nicht aus. Mindestens drei Herren blickten mich mit großen Augen und halb geöffneten, lächelnden Mündern erwartungsvoll an, während sie sofort ihre Zeitschrift in die Hand nahmen und zeitgleich ihren Allerwertesten etwa 4 Zentimeter vom Stuhl hievten.

Plötzlich stürzte ein besorgter Ober (oder nennt man das jetzt Restaurantmanager?) auf mich zu. Dieser Nebeneffekt war natürlich nicht beabsichtigt. Ich lehnte seine Hilfe dankend ab. Ich wäre hier verabredet und käme schon alleine klar, woraufhin er sich beruhigt wieder entfernte und anfing, die Tassen aufzuheben, die er bei seinem überraschenden Losspurten von einem der Tische gefegt hatte. Die neugierigen Blicke der übrigen Gäste klebten nun auf dem Rentnerehepaar, das damit beschäftigt war, sich die Kaffeeflecken von Hose und Rock zu entfernen. Das war auch gut so, denn nun fühlte ich mich nicht mehr so beobachtet und dadurch wieder etwas sicherer.

Ich steuerte auf den mir sympathischsten Herrn zu und erklärte ihm, dass ich um Verständnis bäte, aber ich hätte mich hier mit drei Herren verabredet. Das sei für ihn nun sicherlich nicht sehr erfreulich, aber ich hätte schon sooo schlechte Erfahrungen gemacht, indem man mich versetzt hätte. Er bejahte und nickte verständig. Das sei ihm doch glatt auch schon mal passiert. Selbstverständlich verstünde er, dass ich auch die anderen beiden Herren jetzt nicht enttäuschen wolle, und keine Frage, dass er noch warten würde, bis ich kurz den anderen Bewerbern mit einfühlsamen Worten klargemacht hätte, dass sie nicht in Betracht kämen. Er zitierte den Ober heran und bestellte sich noch ein Kännchen Kaffee. Ich hingegen visierte den zweiten Herrn an und leierte den gleichen Text noch mal herunter. Auch dort stieß ich auf offene Ohren. So hatte ich mir ein Gespräch mit allen dreien gesichert und konnte mich nun in aller Ausführlichkeit dem Sympathischsten von allen widmen.

Justus ☺

Kandidat A namens Justus hatte ein ganz passables Äußeres, Man(n)ieren, wusste sich auszudrücken, und ungefragt erfuhr ich nach nur einer Minute, dass er Besitzer eines hübschen kleinen Eigenheims war.

„Ach, wie romantisch, an einem Teich ja?" Ja, da schwärme seine Nochehefrau auch noch immer von und … Den restlichen Inhalt seines Monologes kann ich leider nicht wiedergeben. Denn nachdem das Wort „Nochehefrau" seinem Mund entsprungen war wie eine Kröte, blickte ich ihn nur noch mit unterbelichtetem Blick an und bekam nichts mehr mit. Ich hatte nämlich plötzlich folgende Vision:

Eine große Kirchturmuhr, deren Zeiger auf 1.59 Uhr stehen. In der Kirche stehe ich mit diesem stattlichen Herrn vor dem Pfarrer, der gerade die übliche Frage stellt, ob jemand Einwände gegen diese Eheschließung hätte. Der große Zeiger springt auf die 12 und es ist genau 2 Uhr, da stürzt seine „Nochehefrau" den Mittelgang entlang und schreit: „JA! Er ist noch mit mir verheiratet!" – Mit einem lauten „Oh mein Gott" kehrte ich in die Wirklichkeit zurück.

„Wieso?" Was denn so schlimm daran wäre, wenn man kein fließendes Wasser hätte. Das morgendliche Waschen am kalten Brunnen härte für den ganzen Winter ab. Das alles interessierte mich jedoch gar nicht mehr. Sollte er doch tauchen gehen in seinem verdammten Brunnen! Ich verabschiedete mich höflich mit der Begründung, dass das alles leider gar nicht so meiner Vorstellung entspräche. Ja, ja, da seien wir Damen nun mal etwas verpimpelt, solche Reaktionen sei er schon gewöhnt. Nach dieser etwas rüden Bemerkung erübrigten sich für mich weitere Entschuldigungen. Ich wünschte ihm noch einen schönen

Nachmittag, ließ Grüße an die „Nochgemahlin" verlauten, setzte ein zuckersüßes Lächeln auf und zog zu Kandidat B.

Justus ☹

Ferdinand ☺

Kandidat B, Ferdinand, war hocherfreut, als ich mich endlich ihm zuwandte. Er war schätzungsweise Ende 70 und hatte – wenn's hochkommt – noch 30 Haare auf dem Vorderkopf, die er als Seitenscheitel in der rechten Schläfenhöhe trug. Mir lag schon die Frage auf der Zunge: „Ach, tragen wir die Haare heute lieber offen und nicht als Pferdeschwanz?" Ich verkniff sie mir. Es war nicht empfehlenswert, zynisch zu werden. Gott sei Dank konnte er keine Gedanken lesen und ich konnte mich nicht gerade des Privilegs rühmen, besonders wählerisch sein zu dürfen.

Also Augen zu und durch: Nach anfänglichem ganz normalen Small-Talk seinen Lebenslauf betreffend kam er nach ca. 30 Minuten auf den Punkt: Ihm seien ja leider nie Kinder vergönnt gewesen.

Dabei hätte er doch so gerne welche gehabt. Schließlich würde er seiner Meinung nach in ihnen weiterleben und ob ich eigentlich wisse, in welch hohem Alter Charlie Chaplin noch Vater geworden war. Ich ließ mir den Schock über die Vorstellung, mit diesem alten Zausel noch Kinder zeugen zu müssen, nicht anmerken, indem ich blitzschnell ein Taschentuch vor mein Gesicht hielt und schluchzte: „Oh, ich wollte auch immer Kinder, aber ich kann leider keine bekommen, weil …" Weiter kam ich gar nicht, denn der nette Herr unterbrach mich sogleich: „Ach wenn das so ist … Ober: Zahlen!"

In der Weissagung war nicht die Rede von „Kindern" gewesen und schon gar nicht mit einem Tattergreis. Ich schaute ihm noch hinterher, wie er wehenden Mantels auf seinen

Krückstock gestützt in einem nicht vorstellbaren Eiltempo das Café verließ ...

Ferdinand

Hubertus ☺

Über das Äußere von Kandidat C, Hubertus, verliere ich jetzt lieber nicht allzu viele Worte, nur eines: Unbeschreiblich! Im Vergleich zu ihm wirkte Kandidat B nämlich behaart wie King Kong. Er würde gerne gleich zur Sache kommen, meinte er, und klärte mich ohne große Umschweife sofort über seine „Vorlieben" auf, indem er mich als Erstes fragte, ob er mein Sklave sein dürfte. Ich kippte fast vom Stuhl! Nein, also das ging mir entschieden zu weit. So weit wollte ich mich nicht herablassen und dementsprechend suchte ich das Weite. Auch diese Aktion war also in die Hose gegangen …

Ich weiß nicht, wie es Ihnen beim Lesen dieser Zeilen geht, aber … irgendwie muss ich heute sagen: Gott sei Dank waren diese drei Kelche an mir vorübergegangen …

Hubertus ☹

Der Fensterflieger ☺

Völlig erschöpft kam ich am späten Nachmittig zu Hause an. Meine Bandscheiben meldeten sich mal wieder. Das war auch kein Wunder bei den Wegstrecken, die ich in den letzten Tagen zurückgelegt hatte. Ich entledigte mich noch im Flur all meiner Klamotten, ließ mich auf dem Boden in der Mitte des Wohnzimmers nieder und stellte eine Rotlichtlampe auf, um meinen Rücken von der Wärme berieseln zu lassen. Denn immerhin hatte ich morgen ja noch einen langen Flug vor mir. Als ich kurz davor war, im Schneidersitz mit aufgestützten Ellenbogen ins Traumland zu entschweben, ließ mich ein beunruhigendes Geräusch am Fenster herumfahren.

Ich glaubte meinen Augen nicht zu trauen bei dem, was sich mir an diesem späten Sonntagnachmittag für ein Anblick bot: Ein durchtrainierter, braungebrannter Mittdreißiger mit einem weißen Muskel-Shirt schwebte langsam an meinem Fenster im 16. Stock vorbei! Oder, um es genauer zu sagen: Er saß auf einem 1 Meter langen Holzbrett, das an dicken Tauen befestigt war und ließ sich selbst vom Dach herab. Vermutlich ein Tischler vom hauseigenen Notdienst, der provisorisch irgendwelche Sturmschäden der vergangenen Stunden an der Außenfassade weiter unten durchführen sollte. Denn es war Sonntag, kein normaler Arbeitstag.

Ein Sonntagskind! Das war er: **mein Traummann**! Ihn schickte im wahrsten Sinne des Wortes „der Himmel"!

Ich vergaß total, dass ich splitterfasernackt war und hechtete zum Fenster. Durch das Öffnen des Kipp-Schwenk-Fensters nach außen spannten sich die Seile. Mein potentieller Ehemann, der sich ca. 3 Stockwerke tiefer befand, kam auf seinem Brett ins Trudeln und blickte entsetzt nach oben.

Warum noch Zeit mit lächerlichen Erklärungen vertrödeln, dachte ich, während ich versuchte, ihn mit allen Kräften an den Seilen zu mir nach oben zu ziehen: „Kommen Sie hoch! Sie schickt der Himmel! Sie müssen mit mir nach Las Vegas und mich heiraten! Ich hab nicht mehr viel Zeit!"

Ein stechender Schmerz ließ mich zurückfahren. Die Bandscheiben! Ich hatte mich wohl etwas übernommen. Ich hörte nur noch, wie er um Hilfe rief und eine Scheibe einschlug. Der Schmerz hinderte mich daran, ihm durchs Treppenhaus den Weg abzuschneiden.

Aber vielleicht kam er ja doch gleich noch klingeln? Vorsorglich robbte ich auf allen Vieren zur Tür und schlief mit einer Hand an der Wohnungsklinke dann jedoch leider völlig erschöpft ein. Ob er noch klingeln kam, kann ich wegen meines komatösen Zustandes leider nicht sagen.

Wie waren damals doch gleich noch die Worte meiner Freundin Birgit? „Du musst aktiv werden, denn am Fenster kommt er nicht vorbeigeflogen." Versuchen Sie sich das bitte mal bildlich vorzustellen und Sie werden den Gedanken gleich als abwegig wegwischen und in die Realität zurückkehren. Aber wie heißt es so schön? Erstens kommt es anders und zweitens, als man denkt …

Der Fensterflieger

Der Taxifahrer ☺

Ich erwachte gegen halb acht am Montagmorgen. Alles Trauern um die zuletzt vergeigte Chance mit dem smarten Tischler half nichts. Ich musste mich sputen, denn in zwei Stunden ging mein Flieger. Mein Frühstück verspeiste ich vor der Rotlichtlampe, die aber nach 10 Minuten den Geist aufgab, weil sie die ganze Nacht über gebrannt hatte. Das musste reichen. Im Flugzeug konnte ich ja sitzen. Noch ein kurzes Telefonat mit Pig, dass sie mit der Raubtierfütterung ab morgen beginnen könne, ein wenig Schminke ins Antlitz, die Reisetasche, die ich tags zuvor schon erfolglos ins Kranzler mitgeschleppt hatte, geschnappt und los ging's. Ich ließ drei Taxifahrerinnen vorbeifahren und hielt das erste Taxi mit männlichem Fahrer an. Er stieg aus – doch, ja, die Größe stimmte. Mein kurzer Peilblick verriet mir, dass er sich altersmäßig allerdings schon jenseits der 50 befinden musste. Egal, wählerisch konnte ich nicht mehr sein. Er hievte meine Reisetasche in den Kofferraum und öffnete mir die hintere Beifahrertür. Die Fahrt ging los.

Während ich die bereits blanken Nägel meiner linken Hand am Revers noch blanker rieb, um anschließend sehr interessiert das Ergebnis zu betrachten, fragte ich in gespielt beiläufigem Ton: „Sagen Sie mal, sind Sie eigentlich verheiratet?" Der Taxifahrer bejahte geschmeichelt. Er log! Ich sah keinen einzigen beringten Finger an seiner Hand! Als ich ihn mit meinen „Bedenken" konfrontierte, blickte er erschrocken in den Rückspiegel. Nun schilderte ich ihm meine verzweifelte Lage. Ohne Luft zu holen bettelte ich dann auch gleich den entsprechenden Heiratsantrag hinterher. Er lehnte lachend ab. Auch mein Argument, dass wir uns gleich wieder scheiden lassen könnten, zog nicht. Ich begann, meinen Worten durch Gesten den nötigen Nachdruck zu verleihen, indem ich mich in seinen rechten Arm verkrallte und ihn anflehte, doch endlich JA zu sagen. Als Antwort erhielt ich eine Vollbremsung, begleitet von einem verzweifelten Hilfeschrei. Ich war zwar angeschnallt, aber dadurch, dass ich mich ganz nach vorne gebeugt hatte, prallte ich seitlich gegen die Kopfstütze. Was ich dann zu hören bekam, möchte ich hier lieber nicht wiederholen. Im Fernsehen werden solche Worte immer durch einen „Biiieb" übertönt.

Nachdem er sich etwas beruhigt hatte, meinte er, wenn ich nicht augenblicklich aufhören würde, könne ich mir ein anderes Taxi suchen.

Er wolle nicht heiraten, er sei bereits verheiratet, halte nichts von Vielweiberei und im Übrigen würde er mich selbst dann nicht ehelichen, wenn er noch ledig wäre. Denn seiner Meinung nach gehörte ich in die – an dieser Stelle ersetze ich lieber das von ihm gewählte Wort – städtische Heilanstalt! Das saß!

Augenblicklich war ich still. Es hatte mir im wahrsten Sinne des Wortes die Sprache verschlagen. Mich misstrauisch durch den Rückspiegel beobachtend ließ er den Motor wieder an und fuhr langsam los. Die nächsten 10 Minuten waren von Schweigen getragen. Meine Resignation hielt aber dank eines erneuten Geistesblitzes nicht lange vor: Wenn ich sowieso die Trauzeugen in Las Vegas suchen müsste, warum nahm ich mir dann nicht gleich einen Ami! Ich könnte das zweite Flugticket verkaufen und mir davon dann sogar doch noch ein richtiges Brautkleid kaufen. Leider konnte der Taxifahrer meine Freude nicht teilen. Im Gegenteil, „kein Wort wolle er mehr von mir hören", herrschte er mich an, als ich gerade Anstalten machte, ihm von dieser tollen Idee zu berichten. So zogen sich die nächsten 10 Minuten Fahrt hin: Er fixierte mich argwöhnisch durch den Spiegel und jedes Mal, wenn ich ansetzte, den Mund zu öffnen – sei es auch nur zum Gähnen –, ging er auf die Bremse. Nun war der Flughafen in Sicht und wir hatten kein Wort mehr miteinander gewechselt. Ich zahlte meine Rechnung und durfte dann dreisterweise meine Reisetasche auch noch selbst aus dem Kofferraum hieven. Es gibt eben keine Gentlemen mehr …

Der Taxifahrer

Mein Ehemann
oder das Finale Grande ☺

Ich holte meine Tickets ab und fand mich in der Abfertigungshalle zwischen lauter Nonnen wieder. Kein männliches Individuum in Sicht. War das ein Betriebsausflug aller Klöster der Stadt? Wo waren die Priester, Küster und so weiter? Was für eine ungerechte Welt …

Dann jedoch entdeckte ich ein zusammengekauertes Häufchen Elend auf der Bank sitzen: ein MANN! Die Nonnen um ihn herum streichelten ihm den Kopf, hielten seine Hände und redeten behutsam auf ihn ein. Ich pirschte mich langsam an die Szenerie heran und lauschte: „Vater Cornelius, Sie müssen keine Angst haben. So nahe, wie wir Gott da oben sind, lässt er uns ganz gewiss nicht abstürzen …" Aha, der Mann hatte Flugangst. Da ließe sich doch was machen. Ich lief zum Abfertigungsschalter und platzierte mich vor der Bodenstewardess, die gerade zum Einchecken aufrief. Scheinbar brachte ich sie mit meinem Grinsen völlig durcheinander, denn es erklang: „Die Passagiere für den Flug LH34 … (ein Räuspern folgte), äh … Die Passagiere für den Flug LH43 Berlin / Frankfurt / Los Angeles bitte zum Abflug bereithalten", dann zu mir gewandt: „Was kann ich für Sie tun?" Tun? Tun konnte sie einiges für meine Zukunft. Ich erklärte ihr mein Anliegen und Bingo: Der Flieger hob ab und ich saß neben dem einzigen Mann im ganzen Passagierraum. Während des Fluges redete ich einfühlsam auf ihn ein. Denn eine ähnliche Situation hatte ich schon einmal erlebt. Aber diesmal wollte ich es anders machen.

Ich erinnerte mich:

Ich saß in einem riesigen Flugzeug. Rechts von mir saß ein fremder Mann. Wir hoben ab und das Flugzeug wackelte ein wenig. Ich las in einer Frauenzeitschrift gerade die aktuellen Promi-News über Kate Moss und ihren Lover, mit der Schlagzeile „ Oh Gott! Sie heiraten doch!" und auch mir rutschte ein „Oh Gott" raus. Plötzlich griff der Mann meine Hand und flüsterte mit gepresster Stimme: „Alles wird gut, beruhigen Sie sich wieder, alles wird gut …" Ich blickte ihn irritiert an. Er hatte Schweißperlen auf der Stirn und blickte mit weit aufgerissenen Augen geradeaus ins Leere. Die Leute vor uns drehten sich um, aber das interessierte den Mann überhaupt nicht. Er schien voller Panik, drückte meine Hand immer fester und murmelte immer wieder diesen Satz vor sich hin. Dann wurde das Flugzeug wieder ruhig. Er hielt immer noch meine Hand, wirkte aber jetzt entspannter. Er schaute auf meine Frauenzeitschrift und las die Schlagzeile, die ich zuvor gelesen hatte. Ich glaube, erst in dem Moment ist ihm wohl klargeworden, dass mein „Oh Gott" eine Reaktion auf die Schlagzeile war und nicht ich, sondern ER unter Flugangst litt. Es war ihm so peinlich, dass er es den ganzen Flug über nicht mehr wagte, mich anzusehen oder anzusprechen. Aber wie heißt es so schön? Man trifft sich immer zweimal im Leben? Er begegnete mir vor kurzem bei einem Sekretärinnenwettbewerb in Hamburg wieder und Thorsten und ich sind richtig gute Bekannte geworden.

Aber wieder zurück zu Vater Cornelius: Ich beruhigte ihn mit Worten wie „Je näher wir Gott im Himmel kommen, desto größer die Chance, dass er seine schützende Hand über uns hält und uns nicht abstürzen lässt". Er schaute mich dankbar an und lächelte gequält. Doch ja, warum nicht, dachte ich und nutzte die nächsten Stunden, indem ich Überzeugungsarbeit leistete. Man dürfe aber nicht nur nehmen, man müsse im Leben anderen Menschen auch etwas zurückgeben, und noch mehr solcher Weisheiten. Ja, aber er hätte doch vielen Menschen schon so viel Gutes getan, was er denn noch machen könne? „Heirate mich!", hämmerte es in meinem Kopf. Die Worte wollten rausplatzen, aber ich presste die Lippen zusammen und hätte fast seine Hände zerquetscht, wenn er nicht laut „AUA" gerufen hätte. Sofort ließ ich wieder locker, zählte innerlich bis 10 und sank resigniert in meinen Sitz zurück. Ich setzte ein weinerliches Gesicht auf und druckste rum. „Na ja, Vater, ich zum Beispiel, ich bin sehr, sehr unglücklich …" „Aber warum denn, Kind? Was bedrückt dich? Kann ich dir helfen?" Die Rollen waren nun vertauscht. Seine Flugangst hatte er scheinbar vergessen. „Nun ja, wie soll ich sagen? Es ist meine Bestimmung, so wurde mir prophezeit, dass ich mit 34 heirate und …", ich weinte herzzerreißend und schluchzte. „Ja was denn, Kind? Das ist doch etwas Wunderschönes. Da musst du doch nicht weinen. Wenn Gott diesen Weg für dich vorgesehen hat, dann wird das auch passieren." Mit einem Mal kamen wir in heftige Turbulenzen. Der Flieger sackte auf und ab und Vater Cornelius binnen Sekundenbruchteilen wieder in seinen Sitz zurück. Er war kreidebleich und zitterte so sehr, dass seine Zähne klapperten und der Haarflaum auf seinem Kopf vibrierte. Er war wie weggetreten. Ich nahm wieder seine Hand, streichelte über sein Haupt und drang auf ihn ein: „Sehen Sie, Vater, Gott, gibt Ihnen ein Zeichen: SIE müssen mir helfen! Ich habe in ein paar Stunden Geburtstag und immer noch keinen Mann! Sie müssen mich heiraten!" Es war raus. Sein Kopf wurde rot und röter. Ich dachte, er platzt gleich, da brach es aus ihm raus: „Ja, Gott! JA! Ich mach's! Gott vergib mir alle meine Sünden! JA, ich heirate diese Frau!" Augenblicklich schwebte das Flugzeug wie auf Wolken dahin, glitt wie ein Vogel durch die Luft. Vater Cornelius sah das wohl wirklich als Zeichen, entspannte sich wieder und nun setzte wohl die Wirkung der Schlaftablette ein, die er sich von der Stewardess vor dem Start hatte geben lassen.

Er hauchte noch einmal ein „Ja, Vater im Himmel, ich werde diese Frau heiraten, danke für dein Zeichen" und dann fiel er in einen tiefen Schlaf. Ich war überglücklich: Endlich! Endlich hatte ich meinen Mann gefunden. Auch ich sackte nun selig lächelnd an seine Schulter gelehnt in einen tiefen Schlaf und träumte von meiner Hochzeit.

Wach wurde ich, als die Stewardess mich schüttelte. Mein Kopf lag nun nicht mehr auf der Schulter meines Zukünftigen, sondern war auf meinen Rucksack gebettet. Wir waren schon gelandet und von Vater Cornelius war keine Spur zu sehen. Der Pfarrer, der hier saß? Der sei als Erster aus dem Flugzeug gestürzt, sei sogar mit einem 2 m weiten Sprung auf die fahrbare Treppe gehechtet, bevor sie richtig angedockt gewesen sei, klärte mich die nette Flugbegleiterin auf. Meine Seifenblase zerplatzte. Da hatte er mir den Himmel auf Erden versprochen und sich jetzt klammheimlich aus dem Staub gemacht. Aber Selbstmitleid half mir jetzt nicht weiter. Denn nach der Zwischenlandung in Frankfurt, die leider etwas länger gedauert hatte als vorgesehen, lief mir die Zeit davon. Mein Optimismus musste wieder her. Wie hatte Vater Cornelius gesagt: Wenn Gott meint, dass das mein Weg sei, dann würde die Prophezeiung auch eintreffen. Also verschwand ich noch mal kurz in der Toilette, um aus mir eine wunderhübsche unwiderstehliche Braut zu zaubern. Die letzte Strähne saß auf den Punkt richtig, als nach einer Stunde mit Brachialgewalt die Klotür aufgebrochen wurde. Ich ließ mit einem Lächeln meinen Kamm in die Tasche gleiten und stöckelte an den verdutzt dreinschauenden Stewardessen und Sicherheitsleuten vorbei.

Allerdings musste ich jetzt einen Zahn zulegen und sofort einen Pfarrer aufsuchen. Mir blieb nun leider nicht einmal mehr eine halbe Stunde Zeit. Soweit es meine Stöckelschuhe zuließen, tippelte ich zur nächstgelegenen Wedding-Chapel. Alles war perfekt, nur eine Kleinigkeit nicht: Ich hatte noch immer keinen Bräutigam … Ein Blick auf die Uhr ließ mich erschaudern: Die Weissagung musste in exakt 10 Minuten eintreffen. Was nun?!? Schnurstracks rannte ich zum Pfarrer und bekniete ihn, mich zu heiraten. Erstaunlicherweise schien er gar nicht abgeneigt, hatte jedoch Zweifel daran, dass ich Trauzeugen vorweisen konnte. – 9.58 Uhr Ortszeit (1.58 Uhr MEZ)! – „Wozu Trauzeugen?!? Sie sind doch ein Mann Gottes und stehen ihm näher als irgendwelche blöden Trauzeugen! Nun sagen Sie doch endlich JA!" – 9.59 Uhr Ortszeit (1.59 Uhr MEZ)! – Aber wenn er doch der Bräutigam sein solle, wer würde uns dann vermählen? Mir blieb die Antwort im Halse stecken, denn just in diesem Moment schlug die Uhr 10 Uhr Ortszeit (2 Uhr MEZ) und … ich war LEDIG!

Ich fiel in einen heftigen Weinkrampf und kollabierte fast! Warum hatte ich mich nicht am Seil zu dem Tischler abgeseilt? Dann wäre er mir nicht entwischt. Hätte ich mich doch auf einen der Herren aus dem Kranzlereck einlassen sollen? Niemals hätte ich im Flugzeug einschlafen dürfen, ohne mich vorher wenigstens an Vater Cornelius anzuketten. Es half nichts. Mein Leben war verpfuscht. Alles war vorbei.

In Gedanken ging ich alle möglichen Selbstmordvarianten von Aufhängen über Harakiri bis hin zum Zyankalitod durch. Der Pfarrer war völlig überfordert mit meinem Ausbruch. Eine Angestellte eilte zu Hilfe und wollte mich trösten. Tosende Wildbäche strömten aus meinen Augen. Ich suchte verzweifelt nach einem Taschentuch. Im Handtäschchen war nichts. Meine Hand glitt in die Jackentasche und ertastete etwas Eigenartiges, Eckiges. Ich holte es raus und starrte auf die zwei Anti-Falten-Pröbchen. Die Tränenlawinen versiegten. Ich wurde nachdenklich und hielt inne.

Plötzlich lief ein Film in meinem Kopf ab. Es waren immer nur kurze Sequenzen:

Der hübsche, blonde Apotheker mit den lustigen blauen Augen hinter seiner achteckigen, randlosen Brille erschien vor meinem geistigen Auge. Wie hieß gleich die Creme, die er mir in die Tüte gepackt hatte? Und dann war da noch der Versprecher der Bodenstewardess beim Aufruf meines Fluges, als ich vor ihr stand … Ja, hatte ich denn Tomaten auf Augen und Ohren gehabt?!? Das alles waren doch Vorzeichen gewesen, die mir etwas ganz Bestimmtes hatten sagen wollen! Ich musste abschließende Gewissheit haben. In Windeseile zückte ich mein Handy und rief die Mutter meiner Freundin Andrea an. Zwar war es in Deutschland tiefste Nacht, aber das war mir egal. Schlaftrunken meldete sich Karin am anderen Ende der Leitung. Total aufgeregt fragte ich, ob sie sich noch erinnern könne, dass sie mir vor zwei Jahren von ihrer Eingebung erzählt hätte, nach der ich mit 34 heiraten würde.

Ob das jetzt mein Ernst sei, kam es etwas zu laut für diese ansonsten schlechte Verbindung zurück, und ob ich denn überhaupt wisse, wie spät es jetzt sei?! Ich bejahte dreimal, entschuldigte mich und wagte einen zweiten Versuch mit etwas mehr Nachdruck. Ja, natürlich könne sie sich erinnern. Was um alles in der Welt das jetzt solle. Ich zwang meine Stimme dazu, sich nicht zu überschlagen, als ich meine überaus wichtige Frage stellte, die keinen Aufschub duldete: „Hattest du diese Eingebung über eine Stimme, die dir das gesagt hat? Oder war es visuell. Also ich meine: Hast du die Situation vor deinem geistigen Auge gesehen?" – „Gesehen! Kann ich jetzt bitte weiterschlafen?!?" – „Nein!!!", schrie ich und fuhr fort: „Woher weißt du, dass es mit 34 passieren sollte?!?" Entnervt meinte sie: „Na, ich hab doch gesagt, dass ich es gesehen habe. Die Ziffern schwebten vor meinem geistigen Auge! Reicht das jetzt?!? Was soll das überhau..."

Ich hatte längst das Handy in die Luft geschmissen, rannte Jubelschreie ausstoßend die Straße entlang und umarmte alle Menschen, Tiere und Laternenmaste, die mir begegneten. Ja, SO war es!

Mein Gott, ein Zahlendreher! Sie hatte einfach die Zahlen verdreht! Ich sollte nicht mit 34, sondern erst mit 43 Jahren heiraten und hatte somit noch genau 8 lange Jahre Zeit ...